Hugh Howey

# 信标记

[美]休·豪伊 ——著
李镭 ——译

BEACON 23
重庆出版集团 重庆出版社

BEACON23

Copyright © 2015 by Hugh Howey
Published by agreement with Nelson Literary Agency,LLC
through The Grayhawk Agency Ltd.
Simplified Chinese translation copyright © 2022 by Chongqing Publishing House Co., Ltd.
All rights reserved.

版贸核渝字(2022)第029号

## 图书在版编目(CIP)数据

信标记/(美)休·豪伊著;李镭译. —重庆:重庆出版社,2022.10
书名原文:BEACON23
ISBN 978-7-229-16810-0

Ⅰ.①信… Ⅱ.①休… ②李… Ⅲ.①长篇小说—美国—现代 Ⅳ.①I712.45

中国版本图书馆CIP数据核字(2022)第077226号

## 信标记
XIN BIAO JI

[美]休·豪伊 著
李镭 译

责任编辑:魏雯 郭思齐
装帧设计:文子
责任校对:何建云

重庆出版集团 出版
重庆出版社

重庆市南岸区南滨路162号1幢 邮政编码:400061 http://www.cqph.com
重庆出版社艺术设计有限公司 制版
重庆市国丰印务有限责任公司 印刷
重庆出版集团图书发行有限公司 发行
E-MAIL:fxchu@cqph.com 邮购电话:023-61520646
全国新华书店经销

开本:890mm×1230mm 1/32 印张:7.375 字数:145千
2022年10月第1版 2022年10月第1次印刷
ISBN 978-7-229-16810-0
定价:56.80元

如有印装质量问题,请向本集团图书发行公司调换:023-61520678

版权所有 侵权必究

致那些深受孤独之苦的人

# 目录 / Contents

001　　休·豪伊的成功，不仅来自自出版

001　**第一部　小噪音**
002　　第一章
008　　第二章
015　　第三章
017　　第四章
023　　第五章

029　**第二部　宠物石**
030　　第六章
037　　第七章
040　　第八章
046　　第九章
051　　第十章
057　　第十一章

069　**第三部　奖金**
070　　第十二章

| | |
|---|---|
| 084 | 第十三章 |
| 092 | 第十四章 |
| 097 | 第十五章 |
| 105 | 第十六章 |
| 115 | 第十七章 |
| | |
| 121 | **第四部 同伴** |
| 122 | 第十八章 |
| 129 | 第十九章 |
| 135 | 第二十章 |
| 142 | 第二十一章 |
| 147 | 第二十二章 |
| 152 | 第二十三章 |
| 158 | 第二十四章 |
| 165 | 第二十五章 |
| 170 | 第二十六章 |
| | |
| 177 | **第五部 访客** |
| 178 | 第二十七章 |
| 181 | 第二十八章 |
| 186 | 第二十九章 |
| 191 | 第三十章 |
| 197 | 第三十一章 |
| 205 | 第三十二章 |
| 211 | 第三十三章 |
| | |
| 217 | 作者说明 |
| 219 | 尾声 |
| 222 | 译后记 |

## 休·豪伊的成功，不仅来自自出版

2011年，亚马逊自出版栏目下悄然出现一本短篇小说，售价很便宜，只要0.99美元，不过故事本身非常精彩，所以短短几个月里就卖出了几千份，当然也给本职是书店员工的作者休·豪伊（Hugh Howey）带去了几千美元的额外收入。这个小小的成功鼓励了作者，在随后的几个月间，作者又用同样的自出版方式发表了几篇故事，和第一篇共同组成了系列作品，并且最终成为一本长篇小说，这就是《羊毛记》的诞生。

实际上《羊毛记》并不是休·豪伊的第一部小说。在此之前，他曾经在一家小出版社出版过小说集，并且拿到了第二本书的出版合同。但是豪伊认为可以自己完成出版工作——时代和技术都已经做好了准备，于是他没有签署那份合同，而是选择了亚马逊的自出版系统来实现自己的目标。在他成名之后，类似的一幕又上演了一次。2012年，豪伊拒绝了西蒙·舒斯特（Simon & Schuster）出版公司提供的7位数报价，宁肯选择6位数报价的合同，以便保留自己发行电子书的权利。

也许是因为休·豪伊在自出版上的成功太过耀眼,虽然很多媒体对他做了采访,但大部分访谈并没有太关注小说本身的内容,而都集中在自出版的话题上。很难统计休·豪伊的成功给了后来者多少启示和激励,但确实可以举出一些受到激励的例子,比如弗雷德里克·谢尔诺夫(Fredric Shernoff)出版了《大西洋岛》(Atlantic Island),杰森·葛尔莱(Jason Gurley)出版了《埃莉诺》(Eleanor),迈克尔·邦克(Michael Bunker)出版了《宾夕法尼亚》,等等。不过这些后继者都没有达到休·豪伊那样的高度,再没有人能够像他一样凭借着自出版,在科幻小说创作领域大放异彩。

这其实揭示了一个事实:休·豪伊的成功不仅仅在于自出版这种新颖的出版方式,也与《羊毛记》的精彩密不可分。就像休·豪伊拒绝西蒙·舒斯特,坚持使用自由度更高的权力分配形式一样,《羊毛记》和他接下来的作品中都贯穿了休·豪伊式的对权力系统的反抗。

《羊毛记》是反乌托邦题材的小说。"乌托邦"(utopia)一词来源于英国的空想社会主义者托马斯·莫尔(Thomas More)在1516年的创造,取自希腊语"ou-"(οὐ)和topos(τόπος)的组合,意思是不存在的地方。More的本意是想创造一个完美的理想国度,远离社会上的一切贫穷和苦难,生活于其中的人们自发自觉地为社会做出各种贡献,人人拥有富足的生活和积极的精神。然而随着各种空想社会主义试验的失败,人们开始倾向于认为这样的完美国度不可能存在,理想主义的初衷将会不可避免地走向反人类的极权主义,大多数人都在高压下挣扎求生……这便是反乌托邦概念的由来。

　　反乌托邦题材中诞生过许多著名作品。早期有《1984》《美丽新世界》，晚近的有《华氏451》《使女的故事》，甚至还有很多跨界的作品，比如动漫《进击的巨人》、游戏《辐射》等等。休·豪伊就曾在(少数几个提及了作品内容的)访谈中坦承，《羊毛记》中的筒仓设定受到了《辐射》系列游戏中避难所的启发。不过同样很显然的是，如果只是单纯借鉴已有的设定，《羊毛记》不可能取得那么大的成功。反乌托邦题材的核心，是对权力结构的反思。休·豪伊会选择这样的题材框架进行创作，既是他创作来源、他的思考的反映，也是他为自己的故事找到了一个绝好的容器。

　　在《羊毛记》的世界中，地面环境已经不再适合人类生存，人类只能生活在名为"筒仓"的庇护所里。筒仓是位于地下的竖状结构，中间有一个巨大的螺旋楼梯，居住在不同地层的人们之间有着地位的差异，大体与所住的楼层挂钩。人们安于这种地位的差异，就像《美丽新世界》中"阿尔法($\alpha$)""贝塔($\beta$)""伽玛($\gamma$)""德尔塔($\delta$)""爱普西隆($\epsilon$)"之类的标签。你生在第几层，就有第几层的地位。它既是命运，也是不容抗拒的指令，更是超越个人和自我的庞然大物。

　　这样的设定，就像是《1984》中的纸条，以及《使女的故事》中的日记一样，让读者除了追求真相的原始冲动，也期望循着真相释放压抑的自我。当主角勇敢打破层级的桎梏，爬出筒仓时，读者也随之冲出故事的海面，发现权力的虚妄与全新的自我。

　　这种个人对抗系统、个体意志凌驾于利维坦之上的叙事，不仅是在讲述反叛精神,更是可以上溯至卢梭与柏克的天赋人权思想在文学叙事上的体现。可以说,所谓的反乌托邦,在其科幻性的外表之下,凝练的终究是对近现代道德观念的致敬。

当然,反乌托邦终究只是一个容器和框架,至于故事是不是好看,更在于作者的叙事能力。这就像是做饭烧菜一样,同样的食材,有人做的味同嚼蜡,有人做的色香味俱佳。而说到故事情节,休·豪伊毫无疑问就是悬念设计的大师了。

《羊毛记》问世时,作者还没有多少创作经验,但彼时的叙事技巧已经隐隐有了类型文学大家的风范。他非常了解读者的心理,也非常善于设置悬念,所以一旦拿起书本就很难放下。

在《羊毛记》的世界里,由于地面上充满了有毒的空气,所以筒仓与外界毫无连通,唯一能查看外界情况的只有竖在地表的摄像头,但这个摄像头很容易被地表肆虐的沙尘暴弄脏,需要不时派人出去擦拭,而每个出去的人又都必死无疑,所以出去擦镜头便成了筒仓世界的极刑,唯有犯下弥天大罪才会被赶出去擦镜头。但是,只有犯人一个人出去,没有人看押他们,怎么保证他们一定会乖乖去擦镜头?然而最令人诧异的就在这里:每个被放逐的犯人真的都会把镜头擦得干干净净,然后迎来自己的死亡……

源自俄国形式主义的故事论将故事与情节做了严格的区分。前者是按时间顺序把发生的事情按部就班讲述出来,但后者则是以更具戏剧性效果的方式对发生的事情进行重组。休·

豪伊显然是个中好手，他将故事切成无数碎片，紧紧攫住读者的好奇心，让读者不得不追随情节的发展，就像《1984》中的纸条与《使女的故事》中的日记所起的作用一样。

在《羊毛记》之后，豪伊又写了前传《星移记》和后传《尘土记》，分别讲述了筒仓世界的由来和最终的结局。在写完"羊毛记"系列的大故事之后，休·豪伊继续丰富着自己的幻想宇宙，陆续写作了《异星记》《信标记》《潜沙记》《离沙记》。故事发生在空渺宇宙中航行的飞船里、发生在完全陌生的异星世界中、发生在熟悉又疏离的未来地球上……这些故事各有各的精彩，不过总的来说，对权力的反思和反抗始终是所有故事的思想基调，悬念设置和细节塑造也显示出叙事技巧的高妙。

休·豪伊受惠于亚马逊，但在这个科技与权力密不可分的时代，他并没有停止对权力的反思。他的个人博客最后一篇更新是在2022年4月，对于伊隆·马斯克收购推特一事的评论。他在文章里说"通过掌控话语而获得权力，历史中充斥着这样的例子""所有人都在试图向世界广播，操控众人的注意力，为自己聚集更多的追随者，获取，获取，获取，布道，布道，布道。这是无度的时代，而我们是其中的居民"。从出版至今，11年过去，他仍旧在用自己的方式反思，他的博客中，仍然有着如第一本《羊毛记》般蓬勃的愤怒和挣扎。这点是很不容易的事情，或许也是他的创作动力所在。

这次，重庆出版社的独角兽书系一次性出版七部作品，基本上算是将他的代表作一网打尽了。

2021年Apple TV宣布启动《羊毛记》的改编计划,并且已经于2022年5月拍摄完毕,这意味着我们有望在2022年底或2023年初在屏幕上看到筒仓世界的故事——在此之前,就让我们先通过文字领略作者讲述故事的神奇能力吧。

——丁丁虫

# 小噪音

## LITTLE NOISES

### 第一部 PART 1

# 第一章

他们没有为你做好应对那些小噪音的准备。他们把你放进离心机,直到你陷入昏厥;让你沿着抛物线上下,直到你呕吐出胃壁;用针戳你,直到你知道一个瘾君子是什么感觉;让你精修三个物理领域的知识,获得一个医学学位;同时还要接受铁人三项训练。

但他们不会告诉你生活在"吱吱嘎嘎"的噪音再加上一点似有若无的"哔哔"声中是什么感觉,也不会告诉你被数光年范围的死寂所包裹就像是在承受怎样一种巨大的、毁灭性的重量。那种细碎噪音中的死寂感会变得越来越强烈,就像我曾经在西弗吉尼亚的一个山洞里看到的黑暗一样。一种你可以放在嘴里咀嚼的黑暗。你能感觉到周围许多英里全都是一片漆黑。但你却不知道自己是否能从这黑暗中爬出去。

太空深处的寂静就是这样。这让我的信标中那些发出各种响动的小玩意变成了一群喧嚣不断的噩梦,一群不断绞勒我的神经的混蛋。我讨厌它们之中的每一个。所有在这个地方移动的东西。每一个小齿轮、压电蜂鸣器和报警器。不仅仅是因为它们的刺耳尖叫，更是因为它们的不可预测。所以在它们停歇下来的每一个间隙，我都要做好准备，等待它们下一次发作，丝毫不敢松懈。只要我稍稍放松，它们就会将一根根毛刺射进我的耳膜。

这些混蛋简直就像恶魔，又像是鹿，仿佛知道我会在什么时候追捕它们。我拿着手电筒、电线剪、胶带和泡沫塑料，在我的电缆管道般的信标工作空间里爬来爬去，跟踪那些混蛋，设下陷阱。我觉得有些噪音会从我身边逃开——那一定是藏在消毒不良的水果中混上飞船的小害虫。

它们似乎听到了我的到来，那些"哔哔"和"嗡嗡"的声音立刻完全消失了。就像开放狩猎季第一天的雄鹿，一下子变得无影无踪。但我刚爬出去，它们立刻又会张牙舞爪地杀回来。就像那头每支角有五个分叉的大鹿，在狩猎季过后的第一天站在你的院子里，嚼着你的郁金香，一脸白痴的表情，好像在说："啥？"

是的，我来找你们这些混蛋了。我设下了陷阱。带录音功能的麦克风可以确定"哔哔"声的位置。到处都被喷上了油，用来淹没"吱吱"声。不同种类的蟑螂屋都是为了那些"咔哒咔哒"不断移动的小噪音而安排下的。

航空航天局也会为我的努力和智慧感到骄傲，对吧？毕竟它对我进行了那么多培训，虽然所有那些培训中都不包含对付这些小混蛋的办法。但我还能做什么？我是这个位于太空边缘的生锈金属棒冰的肉质核心。我来这里是因为他们还没有制造出一种电脑，能够保证在百万亿次的计算中不会做任何傻事。这种概率看似很小，但是当计算机一天要做数万亿件事情时，这就意味着它会计算出很多愚蠢的结果。而我应该足够聪明，能把那些错误挑出来。

在追捕那些"吱吱嘎嘎"之余，我的大部分时间都是在灯塔里度过的。我知道我们不该这么叫它，但拜托，它还能是什么？一条管道独立在整个信标外面，末端有一个小舱室，四周都是舷窗。重力波发射器就在这个小家伙身上。这是信标的工作端。信标其他部分——包括我在内——都是为了确保它能正常运转。

这条管道长臂将重力波发射器与信标其他部分隔开，因为它发出的波强度衰减与距离的四次方成正比。并且那些波会扰乱五到六米范围内的所有线路，包括我体内的管线。所以航空航天局建议不要花太多时间待在重力波发射器周围，因为它会对你的大脑产生有趣的影响——换一种说法，就是它能够给你一种美妙的醇厚感。我和其他许多人都要在这种荒无人烟的地方被连续关上两年。航空航天局还能指望我们做些什么？我可不相信只有我一个会背靠这台机器坐着，让它像正品威士忌一样抚慰我的大脑。每当这个时候，我就会凝视小行星带，逐一端详那些把星际导航搞得一团乱的暗灰色石头。

重力波发射器对面的舷窗是观看小行星在太空中旋转的最佳位置。在那个舷窗的正上方，有一张褪了色的照片，是在我之前某位此地的居民贴上去的。那更让我怀疑在这里坐过的不止我一个。在那张照片里,一个穿着雨衣的男人正站在一座真正的地球灯塔外面。一道比灯塔还要高的海浪在他身后若隐若现,它一定有二十米高。海浪撞击在圆锥形的石砌建筑上,会让你觉得它是对那座灯塔和那个人的最后一击,在接下来不到一秒钟的时间里,这片浪涛就会彻底将他们摧毁。那个男人叼着烟斗,眯着眼,正仰头看着什么——那一定是一架带摄像头的无人机或者类似的东西。他仿佛正在想:"这东西可真是太怪了。"却完全不知道自己会从背后被拍得粉碎。

我花在这张照片上的时间比花在窗外星星和石头上的时间还多。有一段时间,我以为它是电脑生成的。这些东西谁也说不准。有时候真东西看起来反而很假,尤其是当你看了那么久的假东西之后。但是为什么有人会这样虔诚地挂起这种CGI①呢?这张相纸很光滑,不像我们在这里打印的那些热敏垃圾。而且上面没有折痕,说明它曾经一直被妥善地平整收藏或是装在卷筒里。不管怎样,有人小心翼翼地把它弄到了这里。所以我猜这张该死的照片是真的,照片上的这个家伙是真的,他在他的小世界,在他的短暂生命的最后一刻吸了最后一口烟。

我在一阵阵重力波发射器的嗡嗡声中盯着这张照片,有时会一连盯上几个小时,一边等待CPU重启或者有船从超维空间中出来向我问路,也带给我一些关于战争的消息。照片上的这个男人面对将要吞没他的波涛,只是耸耸肩,深吸了一口气,一

---

①译注:计算机生成图像。

副又酷又拽的样子,看上去就是个了不得的人物。与此同时,我却快要被某种遥远的、地狱般的"咔哒"声逼疯了。这位灯塔看守人一直是我的英雄。直到我对这张照片有了更多了解。

后来我才知道,这样的照片足足有十几张。而且没错,它们全都是真的。因为在档案中找不到任何关于它的记录,我向休斯顿①发出了一份研究申请。我很容易就能想象到他们那边的对话,因为我在训练期间进行地面支援工作时,也有过这样的经历:

小组主任:"抱歉,23号想要知道什么?"

"呃,长官,他想查询一张照片的历史。不,不是光谱图。也不是其他……嗯……有科学性的东西。那是……嗯,这里,他已经把数字图像发过来了。"

然后是长时间停顿。主任一直盯着手持终端。

"你一定是在该死地开玩笑。"

"不是长官!"

"他把研究申请用在这种事上?他还有研究申请配额吗?"

"这是他用的第一个,长官。他没有前科。在拿到红色徽章并得到调职以前,他曾在前线服役。"

"让我猜猜:他的脑袋被炸飞了?"

"不是长官。如果他的肠子被一个领主挖出来,那我们在第八星区的边缘就只会剩下一个悄无声息的信标。"

---

①译注:美国国家航空航天局总部所在地。

"那就是说,也许他正抱着那台重力波发射器,就好像刚喝了两轮酒,正抱着一个想要把他的钱包掏空的姑娘。"

"可能吧,长官。我猜也是这样。"

"哈,该死,老天在上,那个小子还是个战争英雄呢。看看你能挖出什么来吧。"

当然,情况也有可能不是这样。也许会有某个二百五收到我的申请,根本没有把它交给研究部门,只是自己搜了搜,就把八页的搜索结果和相关链接发回给了我,前后大约用了他两秒钟时间。三个月后,我从一艘拖船那里得到回应,那艘船上堆满了不属于他们的矿石。他们说有东西要交给我,然后就跑到这个小行星带里,装了价值数十亿的矿石。这个位于宇宙边缘的世界很疯狂,但只要你耸耸肩,睁一只眼闭一只眼,一切就会迎刃而解。

事实证明,我那该死的海雾英雄、灯塔看守人其实和我们一样搞不清状况。那张照片的整个历史都有档案记录。它是从一架有人驾驶的直升机上拍摄的。当摄影师抓拍照片时,飞行员正笨手笨脚地挥手让老灯塔看守人走开。快走!据说就在照片拍完以后,这位在照片上如同一尊花岗岩雕像的老人就差点拉了裤子,他扔下烟斗,跳进灯塔门,及时地挽救了自己的屁股免受凉水冲刷之苦。

这就是做一位英雄的关键:一切取决于拍照的时机。我想我这辈子都会是个英雄。只要我在这里关着门,抱着膝盖,远离一切摄像头。

# 第二章

我的第12层地狱包括一枚小小的钢弹珠从两英寸的高度掉下来,砸在一块坚实的混凝土块上。

它听起来就是这样子:最糟糕的是,这一点毫无规律的声音只会在我躺到铺位上想要睡觉的时候响起。简直就和蟑螂一样。不是说它听起来像蟑螂——听起来像蟑螂的是另一些响动——它和蟑螂的相同之处是只有在我关灯的时候才会跑出来。只要我起床一走动,它立刻又消失了。我能给出的解释就是我的脚步声的确能把它吓跑。

航空航天局说灯塔里的一切都必不可少,如果我听到了噪音,那只是某个小部件在工作。潜台词就是让我闭嘴,做好我的工作。哈。也许是我和其他所有信标操作员已经用我们的尖叫和要求把休斯敦逼疯了。所以这是他们在报复我们。我几乎能看到地面控制中心的样子:一个穿着白衬衫、打着黑领带的男人正用读数器检查我的生命体征,他的主管问我是否进入了快速眼动睡眠。

"确认过了,长官。他睡得像个婴儿一样。"

"太好了。让机器排好队,准备发声!"

然后那枚小弹珠就落了下去,向我发出了钢铁大理石撞击混凝土的声音。

当我围绕着我的铺位旋转,寻找一点凉爽和片刻的安静时,在我这个用上万亿美元的螺丝和齿轮拼凑成的信标里,这颗圆形的钢质小宝石给了我一阵不小的刺激。就在这时,另一个突然响起的声音提醒我,有时这些声音可能真的会很可怕,不只是令人厌烦,也不只是一些不和谐的交响乐,只想要打破我苦心经营的宁静;它们也会像过去那些声音,像等离子火舌和破片手榴弹,像炸弹爆炸和空袭警报,像那些动作太慢、年纪太大、有太多智慧,所以不用穿作战服的人们发出的自杀命令,像那些噪音。

刚一听到,我就知道那是什么:重力波发射器彻底失效。信标熄灭了。我知道,因为我已经在莫哈韦沙漠的信标模拟器里有过无数次这样的经历。我知道,因为那些事故模拟至今仍然会让我做噩梦——当我试图弄清楚这次遇到了什么混账问题的时候,我仿佛又看见那些噩梦变成长着灰白胡子的脸,透过一层薄薄的模拟舷窗向我窥视。

我们进行模拟训练时曾经流行过一个玩笑:我们还在地球上的时候,航空航天局才不会在乎会把它的宇航员整得有多惨,因为在太空里,没有人能听到你的尖叫。

重力波发射器失效这种事是不会发生的。冗余、冗余,还要冗余——这就是信标功能设计的思路。我告诉你,23号信标的内部设置早就为了各种天知道的问题做好了准备。无论出现什么毛病,都会有警报响起,然后还有备用警报,每一种功能都有两种不同的模块可以实现。并且每隔几秒都会被检查一次,以确保它们一切正常。所有芯片和软件都能自我修复并能自动重启。你可以在这混蛋体内直接搞一场电磁脉冲爆发,它打两个哆嗦就能醒过来。要让它停摆,必须有24个随机故障同时发生,再加上一大堆难以置信的巧合。

航空航天局里面一些勤快又聪明的家伙曾经计算过发生这种事的概率。它们非常非常小。然而,截至上周,银河系中有1527个GALSAT信标在运行。所以我猜这种事发生在某人身上的概率一直在上升。尤其是当信标变老的时候。现在我猜那个人就是我。

随着这个小混乱的发生,那些噪音仿佛突然非常希望被发现。它们全都在叫我,到处都是警报声。我从我的铺位上爬下来,穿着拳击短裤攀上梯子,到达指挥舱。我首先检查了一下电力负荷,一切正常。然后我检查了导航陀螺仪和星场扫描仪,信标没有混淆我们的位置。我又检查了量子隧道,但那里没有任何消息。我迅速用量子隧道给休斯顿发了一条简短的信息,尽管我确定他们只会从这个破玩意儿里得到一个带有错误编码的自动回复。

运行中断,银河南部时间:0314。

信标一定已经向他们发出警告了,但至少他们知道我起床了。他们的人在现场。就在他们那个老破中心的圆形宇宙大厅里。

我抓住通往灯塔的管道边缘，顺着滑梯向远处的重力波发射器前进。我在这根管子里穿行过很多次了。只需要用一根手指在墙上刷一下，我就能纠正方向。红色的灯光在整个管道上上下跳动。前面一直有警报在尖叫。

我张开双臂，指尖擦在金属舱壁上吱吱作响，我随之减慢了速度，停在管道尽头。然后我抓住管道口的一根横档，荡进灯塔。

重力波发射器摸上去是冷的。也就是说它不会向经过的船只发射安全通道了，也会不像往常那样安慰人了。这就像最受欢迎的拉格啤酒突然变成了能量饮料。"你开始让我感到压力了，"我告诉它，同时把六角形的嵌板一个接一个地拉下来。

我把那些嵌板放在一边，开始研究被它们覆盖的重力波发射器光滑的半球形圆顶。什么地方发出了一阵"叮当"声，就像松动的门闩掉进了凹槽里。我检查了所有翼形螺钉。一个都没有少。然后又是一阵杂乱的噪音。在重力波发射器的底部，我检查了所有线路连接。这是我们排障训练中首先要做的。我认为就算没有万亿美元培训，我也会这么做。我开始拔掉所有的电源。数到十。把它们都插回去。确保每个插头都很牢靠。

一边做这些事，我一边在脑海深处回想着航行时间表。墙上有个时钟，是黄铜的，必须每周上弦一次，否则就会停止工作。这里任何有电池或CPU的东西都要陪着重力波发射器一起工作。而我也很久没有给这台黄铜钟上过发条了，因为我根本受不了它的滴答声。我猜从我给航空航天局的留言到现在已经过了5分钟,所以现在时间大概是在0320。如果我没记错的话,从猎户座出发,驶向织女星的一艘货船会在0330经过这里。那种规模的船上大概有八个人。我觉得整个信标仿佛都在我周围旋转起来,我不得不打起精神,因为我想起了瓦尔斯克号——一艘会在0342经过这里的豪华客船。它运载的是什么,五千名乘客吗?外加机组人员?

我丢下那些重力波发射器的嵌板,沿着连接管道往回飘。真是根可怕的管子。我撞上了一面舱壁,裸露的肩膀从上面滑过,"吱吱"作响,给我带来一阵灼痛,让我倾斜和翻滚,撞到头和胫骨,然后我才把自己固定住。"冷静下来,"我告诉自己,"一次只做一件事。"当我还是个士兵的时候,我就会大声说这句话。那时如果做事情太着急,很可能会把自己的肠子炸飞。

我拉住管道中的把手,在零重力环境中再次获得动力。一碰到信标主舱的重力场边缘,我立刻转过身,让双脚先进入重力场,落下最后一米,蹲伏着地。

发电站在向下两层。我从梯子上滑下去,飞快地穿过生活区,感觉到手心火辣辣的疼。两只光脚落在金属格栅上,发出一阵撞击声。这些负责供应信标绝大部分电力的主继电器根本就是一群可恶的诅咒。控制它们的那些带橡胶手柄的T型操作杆大得让人害怕,你最好用脚去踹它们。我蹲下身,在T型杆的一侧撑起肩膀,向上用力,把杆子旋转了90度,让藏在杆子另一端的接触点断开连接。

我又对其他继电器进行了同样的操作。随着停电时一声沉闷的巨响,整个房间陷入一片漆黑。应急电池灯开始在黑暗中闪烁。我再数到十,让系统的能量耗尽,所有小电容都清空——很可能是它们储存的信息干扰了处理器。我要让它们把那些东西都忘掉。等到供电恢复,经过冷启动的它们就应该能恢复到出厂状态。就像刚出生的婴儿一样。

现在这些T型杆变成了垂直的,要把它们转回来比刚才更加困难。我把一只脚撑在栏杆上用力一拽。让曾经当过英雄的我感觉到腹部一阵刺痛。我记得几年前在模拟训练的测试中,我必须能够来回转动这些继电器十次,当时我觉得自己的内脏都要从结痂的伤疤里溢出来了。后来我还对那些灰色胡须的老家伙说:"不,我感觉很棒。不能更好了。"然后尿了一周的血。

随着第一部继电器复位,灯光恢复了。我又拉起第二根杆子。没有警报。一切都在重新启动,电路根据基于蛋白质结构的记忆进行自我排序,软件从硬连接的储存中重新加载。我最心烦的是我的睡眠被打扰了,并且也非常不期待那些需要费力去读完的文件和错误日志。

现在我上了梯子,汗流浃背,脚疼得要命,这让我很后悔没穿上靴子。我看了看时间:0326。 两分钟左右就能完全重启。这样猎户座货船就还有两分钟时间。真是就差一点。我一直在想着那艘要去织女星的船。那样一艘船如果变成残骸,会给这里的小行星带造成多大的混乱?但真正让我感到惴惴不安的还是瓦尔斯克号。那里有五千多人正戴着耳机看航班电影,被各种喜剧逗得哈哈大笑;有人又点了一杯杜松子酒补剂;有人在打鼾；有人刚刚从船头回来，正在黑暗中摸索着寻找他们的座位；婴儿在哭闹；有人突然打了个喷嚏，把坐在拥挤的循环空气房间里的所有人都吓了一跳。

量子隧道里传来一声钟响，是休斯敦发来的消息。我走向屏幕，想看看他们说了些什么，但还没等我过去，警报又响了，拼命向我尖叫。红灯跳动个不停。重力波发射器第二次完全失效了。而它才刚刚经过硬重启。

我盯住量子隧道上的文字——那段来自航空航天局的信息。同时，难以置信的震惊正在撞击我的脑袋。我眨眨眼，但文字没有消失。我希望能从他们那里得到解决方案，一些能在这个紧急时刻帮上忙的主意。但我从量子隧道中得到的是：

什么样的中断？

# 第三章

加入航空航天局之后，我把99%的工作时间都用来抱怨他们知道的还没有我多，剩下的1%的时间则是在害怕得打哆嗦、尿裤子，因为我意识到自己可能是对的。现在我正处在后一种状态。从理论上来讲，休斯顿应该知道自己的信标的所有问题，尤其是现在它根本没有干信标该干的事情。

但事实恰恰相反，我看到有人在充满女人和披萨的世界里喝着温咖啡，检查着读数，并告诉我没有什么问题。而我很清楚，出状况了。重力波发射器摸起来还是凉的。警报又响了。

我又快速输入了一条信息。量子隧道是利用纠缠粒子进行信息传输。它们在被解读的同时就被破坏了，但我现在不关心预算，更关心不要浪费时间在那些不能完成任务的白痴身上。我还特意使用了大写字母按键，因为这样可以让坐在那边的人听见我在太空中的尖叫：

重力波发射器完全失效了。传输效能为零。马上就有货船和豪华客船过来。硬启动无效。

赶快干活，休斯顿。

我试着去想象地球上的人们在他们的控制台僵硬地站着，从他们的眼睛里把困意揉出去，并远程为我解决所有问题，但我知道，我甚至没有足够的时间再重新启动一次了。不知道为什么，我又穿过管道向重力波发射器飘过去。也许只是想去看看，希望什么都不会发生，希望能看到一艘二十倍光速的船平安无事地驶过这里。

我进入灯塔的时候，重力波发射器仍然如同死气沉沉的一块冰冷石头。警报器还在不停地闪烁和发出刺耳尖鸣。我转向能看到小行星带的舷窗——一颗新星正绽放出短暂而暴虐的生命。从一道炫目的闪光中喷射出无数流星般的熔融金属流。一片钛金属云开始迅速膨胀。小行星不断撞向那里，又翻滚着相互碰撞，分裂成更小的石块。巨大的毁灭在无声无息地进行，所有物体都在旋转，如同一场令人毛骨悚然的灯火秀中数不清的芭蕾舞女郎。

这一切都发生在短短一瞬。本来还是一片平静的星空——只有无聊的寂静和许多石块如同水中闲游的河马——突然就变成了混乱、燃烧、死亡和太空垃圾。一艘十亿吨的超光速宇宙飞船撞上一座小城市那么大的岩石就是这种样子。灯塔的重力波发射器熄灭了，就像陡峭弯道上的警告标志被移走，而那个标志后面就是万丈悬崖。我想到那八名机组人员的死亡。一个特别战斗小队也是八个人。我们甚至在战争中都很少会这么快就失去他们。濒死的战士常常会一个人爬开，在太空边缘缓慢孤独地死去。但没人能够从舷窗外这场灾难中爬出来。而且还有五千多条生命正以二十倍光速冲向这里。

## 第四章

　　23号信标中心深处的数据库里收藏了几乎所有被写出来的小说。随意浏览数据库是一种令人沮丧的活动,因为在我喜欢的每一本小说后面,都会有三十亿本其他的小说根本没有机会让我看上一眼。就算是我能打开的小说,也只能看上可怜的一两章,没办法知道还会不会有比它更好的书。

　　这就是为什么我会花更多的时间阅读完整的维基百科,从大约2245年到现在,它已经有几十年没更新过,不过那时也已经有太阳核弹和破片手榴弹了。

　　我对灯塔看守人的照片和潮汐的好奇让我深入到维基百科中去寻找答案,却没找到什么结果。直到我向航空航天局提出研究请求之前,我偶然发现了一篇让人难以置信的文章。现在,我看着那艘星际货船的残骸在宇宙中逐渐散开,忽然想起了这篇文章。因为在我的视野中,似乎有两艘小型的海盗级货船正在毫无生气的岩石和破碎的金属船壳之间移动。它们让我想起那篇文章中描述的一种早已失传的古老职业——或者维基百科认为这个职业已经不复存在了。

在船只依然被束缚于海面上的时代,船壳的用处是隔绝水而不是真空;航行的危险来自于藏在水中的岩石,而不是漂浮在太空中的石块,当时有一种很不诚实的职业,被称作"捞船人"。

如果不是维基百科的明确记录,我几乎不敢相信真的有这种事。但捞船人做的事情就如他们的名字暗示的那样:他们以打捞失事船只为生。那是一种残忍、野蛮的生活方式。

我增加了舷窗的画面放大率,清楚地看到两艘漆成黑色的货船从一个集装箱驶向另一个集装箱。我甚至能看清它们推进器的火焰和姿态控制器喷出的白色烟雾。我不再觉得重力波发射器的失效是巧合了。这是我的灯塔,而灯塔不会被所有人喜欢。

向前回溯四五个世纪,那时一座灯塔开始一边转圈一边发光之前,很可能会经历一番起起落落的过程。也就是说,它们白天被建造起来,到了晚上,许多建造它们的石头却又消失不见。这种情况会持续好几个月,直到建造者设置守卫,狠狠教训了破坏者。要知道,对于那些靠打捞沉船为生的人来说,灯塔可不是什么好买卖。

船只失事可能始于海上一场突然发生的大灾难。幸运而有胆量的打捞者取得被冲到礁石以外的货物,将其出售以牟利。用不了多久,这些聪明而疯狂的人们就开始期待下一次撞船,甚至开始有意让这种事发生。

他们驾驶小船,主动为来往船只引路,带那些船通过暗礁,但他们的浅水船可以轻松越过礁石,这意味着大船的末日。或者他们会点燃火把,让大船上的人误以为前方有港口。他们还会伪造海图,在海峡中铺设锚链。其他人的死亡远不如他们得到战利品重要。在每一次船难事故中,都有一些藏在暗处的人在摩拳擦掌,想着大赚一笔。

因此,灯塔对于他们是不能容忍的。航空航天局不喜欢我们把信标叫做灯塔。也许是因为他们不想让任何卑劣的人有任何卑劣的念头。

在距离我的灯塔很远的地方,在一片飞船行驶几个星期都可能看不见一个人影的空间领域里,我看着一些可悲的人正在为他们的生意而奔忙,而我却无力阻止他们。这也提醒了我,没有什么是巧合。我在第八星区边上的这座小灯塔也被一砖一瓦地拆掉了。

我离开舷窗,进入管道,我需要向休斯顿报告。"我们有问题了,"我听到自己在构思报告用词。但我没有写下这句话。现在只需要联系休斯顿就说明我们遇到了问题。把纠缠粒子浪费在冗余信息上是没有意义的。

蓄意破坏,我把这个词输入量子隧道,没有将每个字母都大写。亲眼看到货船炸成无数碎片,相当于一个战斗小队死于海盗之手,我的心里一片麻木。重启未成功。我删掉这行字,更改为重启失败。请建议。

我按下"发送",然后是"确认",最后还要说一句:"是的,我确定。"

机器响起"哔哔"声。至少这里还有点小噪音。这个信标内部一定有大量功能以及备份和冗余部分被同时破坏了,包括向休斯顿报告时产生的量子隧道错误。就在这时,一个重大问题突然像一麻袋砖头一样撞进我的脑袋。在长达数月的时间里不断折磨我的那些小声音——我突然觉得它们似乎不再那么疯狂。在我意识到灯塔被捞船人入侵的最初几分钟里,我一直以为他们是从外部攻进来的。但实际上,他们肯定是绕开了航空航天局所谓铜墙铁壁的安全措施。那些黑客真是很聪明。

然后我想起了不久前和一些不体面的人做的交易,还有另外那艘飞船——它给我带回了我的研究申请结果,又从小行星带里偷走了不少矿石。在木船时代,害虫随着一箱箱水果到来。蟑螂从硬纸板里的卵中孵出来。老鼠找到了进入舱底的路,那里还有更多的老鼠……我到底做了什么?

我想起那些每当走近时似乎都会匆匆跑开的声音。突然间,灯塔里不再只有我一个人。我的目光扫过满墙的旋钮和显示器。这里到处都是管道,一捆捆的电线从天花板上垂下来,在不久前的检查工作中被掀开的嵌板,让我得以窥探航空航天局这个小基站的内部结构。到处都可能有令人毛骨悚然的爬虫。它们在看着我。这些金属虫子不会被我的陷阱困住,因为那些陷阱根本就不是用来对付它们的。

我看了一下时间。再过十分钟,瓦尔斯克号就会经过这片水域。水域。这个意象太过明显了。不过也可能是因为我觉得自己快淹死了。在军队的时候,我躺在医院里,胸前别着一枚勋章,因为一些人本来会因为我而失去生命,但我救了他们之中的一部分。现在这里不会有任何照片，只有一起事故的头条新闻。五千人死亡。我仍然是一个英雄，抽着烟斗，那可怕的波浪正从我的身后掀起。

量子隧道发出"哔哔"声。航空航天局给我传来了一段信息。

情况报告

"情况报告？"我向空气问道。我是在对那些令人不寒而栗的爬虫说话，或者根本就没有对任何人说话，"情况正常，混蛋们。我搞砸了。"

我一巴掌拍在身边的显示屏上。绿色磷光的字符闪烁了片刻。捞船人。如果他们不把我杀了，就算是我的运气。他们其实早就有机会这么干了。我需要给航空航天局发信息，警告他们还有可能遭遇这样的黑客入侵。社交软件永远是最容易被黑的渠道，因为像我这样的人都是最薄弱的环节。我不会再担心量子隧道的耗费了。根据自己的猜测，我迅速敲出了解释：

因为进行过非法输送。货物里有虫子，金属类。属于某种黑客行为。所有系统被同时摧毁。检查其他灯塔。参考捞船人历史。海盗劫掠货物。不知道他们是否会修复信标。载有五千人的豪华客船正在驶来。重启可能会起作用，但重力波发射器刚一恢复就会被他们关闭。

我按下"发送"，然后是"确认"。但在说出"我确定"之前，我又想了一下自己的解释。它真的没有错？在警报响起之前肯定有过一段延迟，就像重力波发射器重启之后也应该工作过一小段时间,然后才再次关闭。

这是否意味着那些虫子一直在盯着我?我有没有办法解决掉它们?

我朝通向灯塔的管道望去,想到杀虫剂,又想到战争,一些人为了拯救其他人而牺牲了生命。我们那时甚至考虑过彻底灭绝。在战争中,最大的罪恶也有可能变成更大的利益。

我的手按在赤裸的肚子上,揉搓着满是疤痕的皮肤。那些隆起的纹路在讲述着一个故事。我停下来。现在没有时间去回忆了。没有时间,只能行动。

第五章

　　头顶上有一根电线将电力送到红色对接点，即引导补给船的那个硕大的红色O形位置。我抓住它用力一拉，把它从尼龙搭扣上拽下来，然后找到剪刀，剪下电线一端，从线槽里拽出足够长的一段，又抓起一把扳手，随后就顺着管道往灯塔冲去。
　　重力波发射器仍然暴露在外，原先覆盖它的嵌板都被丢在地板上。墙上的钟显示的时间是错的。我几乎希望它能上好弦，现在我完全不介意它的"滴答"声，只想知道我还剩多少时间。
　　我切断了重力波发射器的电源。如果我没记错电路图的话，它和对接点的照明电压都是220伏特。我有段时间没注意过这种零碎信息了。我用扳手拧松了6个固定重力波发射器圆顶的螺栓，就像从灯塔架子上取下灯泡一样，把它取出来，把扳手放到身后，然后像抱着沙滩球一样抱着重力波发射器，慢慢地沿着管道向控制室移动，又在即将进入重力场的时候蹲伏着地。
　　我把重力波发射器放在地板中央，靠近我剪下来的电线。随后又爬下梯子，到达继电器那里。用脊背顶住它们。也许是因为刚刚转动过，这次它们扳动起来容易了一点。停电之后，我就朝梯子走去，既不等眼睛适应黑暗环境，也不等应急灯亮起，就这样磕碰摸索着爬上两层梯子。这时我的眼睛已经能看见了。舱室里能听到气泵或者风扇随着动力下降而响起的"嗡嗡"声，还有就是赤脚踩在梯子横档上发出的响声。

我剥开对接点电源线末端的绝缘层，把它接到重力波发射器上。那些让人起鸡皮疙瘩的小爬虫一定在看着我，细小的金属腿在抽动，红外摄像眼中充满了好奇。它们已经做好了准备，只要信标的继电器和供电一恢复，它们就会立刻开始进行破坏。我这样告诉自己，虽然我也不知道实际情况是怎样。我怀疑自己只是有点发疯，这一切可能都只存在于我的脑子里，不过我的动作丝毫没有减慢。

三分钟。我做的接头很烂，但应该能传输足够的能量，彻底炸掉几米半径内的电池和电子设备。任何没有经过特殊处理的芯片，任何不能被重设成出厂状态的东西都会被毁掉。

我用双手和双脚抓住梯子，向继电器滑下去，撞伤了脚跟。我在应急灯的照射下一瘸一拐来到继电器前，用力扳动操作杆，同时还在不由自主地想象着有几个灰白胡子的老头正透过舷窗窥视我，看着这个白痴破坏他们的模拟训练器材，然后一边疲惫地摇着头，一边在他们的文件夹上做笔记。

第一台继电器连上了。灯光恢复。然后是第二台。片刻停顿之后，重力波发射器开始发热，紧接着就是一连串的爆裂和"啵啵"声。它把周围的一切都烤熟了。甚至连警报都没有来得及响起,黑暗即刻降临。一阵不稳定的闪烁之后,只剩下了绝对的黑色。

我又爬上梯子。这次一点灯光都没有了。甚至周围也没有了半点声音。我只能听见自己粗重的喘息和手掌拍在梯子横档上的声音,甚至仿佛还有我自己的生物钟的"滴答"声。那艘客船上所有的人、上一次我没能救出的那些人、尸体、骨头、狞笑的骷髅、身穿战斗服的朋友和兄弟。在生命火焰即将熄灭的时候,他们的脸上都是一副懵懵懂懂的神情。但他们知道将要发生什么。多年以前,在训练营的时候,他们就已经预料到会有这一刻,他们也在其他人身上不止一次见到过这一刻,但那一点点希望总是要到最后才会离开——希望能够挺过这场乱子,希望能活着到达另一边,希望自己的名字会出现在战争回忆录的封面上,而不是悼词中。

我在一片漆黑中摸索着爬来爬去,终于找到了重力波发射器,然后是电线。用力把它拽下来。再爬回梯子,把所有T型杆扳动一遍,感到筋疲力竭,就像刚刚经过全负荷体能训练,走过一场强行军。这地方不可能让我有充分的锻炼。我的胃疼得要命,但这可能只是一种痛苦回忆。充满了痛苦,但也只是仅此而已。

真希望这是最后一次扳动那些杆子了。再一次恢复出厂设置,所有芯片重新建构,软件回到原始状态,电源闪烁,伴随着本就该有的"哔哔"声、"嗡嗡"声和"嘶嘶"声。

我想知道那些捞船人是否预料到我会这么干,他们的小虫子有没有自我修复的CPU。不管他们是不是做了这种准备,我没有时间浪费在这上面。我回到梯子上,手臂颤抖、双腿麻木。现在我很后悔没有在做这些以前先把重力场关掉。那才是聪明的做法。一个好士兵应该会想到这一点。

我抓住重力波发射器,然后把自己拖进管道。在灯塔里,舷窗仍然处于画面放大状态。我能清楚地看到外面那些小货船正忙得不亦乐乎,这群混蛋。我只拧紧了两个螺栓,随后就抓住重力波发射器的供电线。没时间回去关掉电源了,现在就要给它充电,我决定进行带电操作。首先是负极,小心不要让电线碰到一起或者接触金属表面。然后是正极,它一碰到插槽立刻火花四溅,不过随着我把铜导线紧紧拧在一起,火花很快就没了。

我坐下来,倾听响起的"嗡嗡"声,将一只手放在光滑的圆顶上。它开始发热了,或者只是我的体温?我这只还在冒汗的手掌?

现在没有能看时间的东西,不过我知道时间不多了。如果它还是没有工作,我很快就会看见一片骤然爆发的强光充满舷窗,然后是另一场大规模船难,这次我会看见许多尸体和他们所有的贵重物品。我想起了古代的捞船人,当尸体被冲到海滩上时,他们还在搜掠一同漂来的箱子,连船板和缆绳也不放过。我仿佛看到有人在零重力的环境中从溺水者身上脱下靴子,挖空他们的口袋,扯下脖子上的金项链,甚至吮吸没有生命的手指,好让上面的戒指松脱下来。

然后我又看到一个惊恐的小士兵坐在外星世界的泥泞战壕

里,手指扣在扳机上,他要做的只有射击,开枪。周围的男孩都在开枪,他们最后都死了。我一生中做过最好的事就是什么都没做,还因此获得了一枚奖章。我曾经是个英雄。如果你看到我的照片,你就会知道我永远都是这样。

几分钟过去了,然后又是几个小时。我如释重负地抽泣着。什么也没有发生。什么都没有。5000个灵魂在座位上不舒服地扭动着,以二十倍光速从我身边经过,留下了看不见的痕迹。他们走了,把我留在这里,泪流不止。在随后的十八个月里,下次换班之前,我将独自背对大海,照管着我的小灯塔和它可爱的小噪音。

宠物石

第二部
PET ROCKS
PART 2

# 第六章

当一艘以二十倍光速穿越轨道的货轮撞上静止的巨型岩石,场面相当壮观。

这一点我可以证实。

因为我亲眼见证过。

根据航空航天局那帮白大褂的说法,我可能是唯一亲眼看到这种奇观,而且还能讲述这个故事的人。不过我要提醒他们,还有那些制造了这场灾难的混蛋海盗。

回想灯塔看守人的照片,我不禁在想,当一艘船撞在礁石上沉没时,古代的那些看守人是否也会有这种空虚、痛苦、饥饿和沮丧的感觉。我不知道他们是否感受过这种无助,这种恐惧,这种责任被辜负的情况——我不太清楚该用什么词来形容这种感觉。他们是否会连续数周看着木板和绳子被冲到岸边?是否觉得自己做得还不够?觉得自己手上沾满了鲜血?

我希望他们不会。我不希望这种事发生在任何人身上,尽管我渴望有人能和我分担这种感受,尽管我希望自己不要感到如此孤独。这是一种自私的渴望,在痛苦中渴望同伴。战争中的兄弟感情就是这样。你不想让你的战友和你一起受苦,但没有他们你就不可能熬过去。你想让他们回家,就像他们自己也想要回家,但前提是你们必须一起走。我很确定我们每个人都在想:不要丢下任何一个人——尤其是自己。

船难事故已经过去七天了,我一直没怎么睡觉,也没有胃口吃饭。我不断对自己说,只有八个人死了,如果是在前线,这本该是美好的一天,但也许是因为差点让客船也被撞毁,所以我才会在晚上闭不上眼,早上也吃不下那碗蛋白质混合餐。虽然客船终于还是安然无恙地行驶过去了,但不知怎的,我依然能看到五千具尸体在岩石间翻滚,能听见他们的家人在哭泣。他们不知道自己距离死亡有多近。但我知道。我一想到这事就会发抖。我把注意力集中在那四个男人和四个女人身上,他们确实死在了这里,我在脑海里一遍又一遍地回想,想知道我当时还能做些什么。

航空航天局对这件事当然没什么好话。我们也不再被允许和来往船只进行贸易。我被正式隔离了。因为我这个蠢货,所有信标的协议都受到了影响。我记得在飞行学校的一个早晨,因为我的一些俏皮话,整个排不得不跑了三十千米。我一直在给其他人制造麻烦。我的思绪不由得闪回到我在战争中的最后一天,我们小队的人都死了,三个排的士兵蜷缩在一起,毁灭正在逼近……

我紧紧抓住这些记忆,好让自己承受更多折磨。但我的心理医生警告过我,愤怒和抑郁是如何发生错配的,如果我不解决这些问题，它们就会以我意想不到的方式不断出现。也许让我有这种感觉的并不是那八名死者或五千名被救的人。也许接受这份工作是我与心魔作战的最糟糕的方式。它们把我困在这里，困在我的灯塔里，而它们远比我更强大。

如果我个人的痛苦不能很快消失，至少宇宙的记忆是短暂的。大批新闻船来来去去，船壳上都画着他们的频道标识。还有私人游艇爱好者、纪念品搜寻者和拾荒者。那艘破碎的货船就像一罐溢出的苏打水，吸引来一群蚂蚁和蜜蜂，很快又被它们丢在脑后。

航空航天局，上帝保佑他们，他们只能专注于这样一个事实：我重新启动信标，扫描仪中最后几个小时的记录也因此被删除，所以我们没有灾难现场的视频。他们说我错过了一个绝佳的机会，否则现在我们就会有飞船在超维空间与流星场相撞的具体记录了。我可能拯救了五千条生命，但根据我的老板们的说法，如果相比较于我们可能获取的知识，做一个交换还是很便宜的。

有意思，我还以为离开军队后就不用做这么艰难的计算了。我估计老板们的意思是，从太空岩石上救下五千条人命，和在人类知识的库房中添加一段文字的代价差不多。但反正每个人都会死，对吧？应该有人向这些小丑解释，势力的边界不是永远的，他们的理论也不是。这一切最终全都会消失。随他们怎么骂我，但我选择拯救生命。我猜，我们每个人都有自己愚蠢的优先选择顺序。

━━━◆━━━

我背对着恢复正常的重力波发射器坐下来，把这些念头平息下去。不管这个圆顶为了引导来往船只对这里的重力场做了什么，它对我的大脑也同样有用。我在这里的时候就没有那么焦虑了。它就像一杯两指威士忌，一直在我的血管里翻滚，从未停止，从未消退，也从未过量。

在我面前的舷窗外，一片巨大的残骸映着星光。航空航天局里唯一能记得发生了什么事的扫描工具就是我这不完美而且充满困惑的大脑，而且它还会循环回放撞击过程。我看到一片光，卫星一样大的小行星爆炸成明亮的粉尘云。在撞击中幸存下来的货物四散崩飞，巨型飞船的后半部分从超维空间中弹出，炸成无数碎片。反弹的物质、能量和钢铁、岩石碎片形成了一个大旋涡。

我尽自己所能把这一切都描述给那些实验室的人听，然后就是对着他们模拟出的动画点头。我看着他们在我的信标里晃来晃去，查看所有的嵌板和缝隙，找出那些用"吱吱"声和"咔哒"声折磨我的小害虫，每个人都在给我讲新的隔离规程。金属碎片和石块像冰雹一样打在信标外壳上，叮当作响。比我聪明的人们紧皱眉头，不知在盘算什么。我开始寻思他们是否会像军队那样把我送回家。但他们很快就都打包回了休斯顿，只留下我一个人担惊受怕。

自从他们离开后，碎片就一直在撞击着灯塔，不过这些"噼噼啪啪"的声音现在也越来越少了。为了以防万一,我不顾白大褂们的再三保证,一直睡在救生艇上。我还从气闸舱里取出了太空服——那东西散发着十年以上的汗水和储藏室的味道——我现在一直穿着它,睡觉时我就把头盔摆在面前。头两个晚上,我甚至还会戴着头盔睡觉,关上面罩,我的呼吸就模糊了视线。

不得不承认,从面罩玻璃上看到我的样子肯定算不上漂亮。我看上去像个死人,憔悴不堪、满脸胡楂。比我三十五岁的实际年龄要老很多。但我还是把头盔放在触手可及的地方,就像在军队时一样。我早就学会了接受这样的幻觉——在我的头骨上盖一层薄薄的外壳就能救我的命。我在这里没有岩石可以躲藏,所以只能这样了。

昨天半夜里,一块呼啸而来的大东西在上层太阳能阵列上砸出一个整齐的窟窿,把我惊醒。我急忙去做损害评估。一阵可怕的"咔哒"声之后,船壳上溅起一小股碎片,幸好信标功能依然完好。从那时起,我就一直关注着空气测量仪。如果有什么不对劲,警报应该会响起来。但我一直在想,如果警报器第一个被损坏呢?就算警报器没有坏,我也不喜欢这种每天晚上在救生艇里等警报的日子。就像回到了战壕里,只是这一次轰炸的方式不太一样。但同样是每一秒钟都充满了紧张和焦虑,因为你自己可能来不及叫一声"妈妈"就会没命。那时只是一声尖啸,然后是一团红云。如果是现在,应该是一阵尖锐的爆裂声,然后是气体泄漏的"嘶嘶"声,再然后是冰冷、窒息的死亡。

为了让自己不去想那些事，我只能不停浏览船难后的扫描图像。我捕捉到了很多碎片的膨胀和弹跳，还拍到了那两艘海盗飞船的详细情况。在他们进入超光速之前，我捕捉到了他们的船名和船体标识。我确信那些船名是假的，但这让我觉得自己还是有用的。通过完全放大视觉扫描仪的画面，我能够清楚地看到那些穿着宇航服的小恶棍们在漂流的货物中挑挑拣拣，拿到他们中意的东西，填满他们的舱室，然后离开。

在这里的某个地方，八名已经死亡的船员正漂流在太空中——除非海军发现了他们的尸体，或者那些来看热闹的人认为可以将一具尸体作为纪念品。在另外某个地方，一堆电视正切换到战争新闻，讨论现在战争如何逐渐进入第七星区，以及哪个星球可能会成为下一个战争的牺牲品。除了这里，在几乎其他所有地方，那八个人的死亡都已经是旧闻，没什么可看的了。我猜一个人一定要非常孤独，才会在乎几个陌生人的离世。

我想，我的观点是由我周围的舷窗形成的。现在也许就有八个人因为洗澡时滑倒而死去了——就在我想到有人会因为洗澡滑倒而死亡的时候。但我看到的不仅仅是死亡，还有破坏。我们离开时搞出的动静似乎会让死亡具有不同的意义。我想到了我那些因为手榴弹过世的兄弟，还有那些在退伍军人管理局的管辖中死在金黄葡萄球菌手里的人。我们几乎不会对后者有什么印象。他们只是统计数据。走得悄无声息，你就是一个数字。以惊人的方式离开，你就是一个名字。

我从来都不想成为一个名字。我想到自己也曾经差一点彻底离开这个宇宙,和我们小队所有伙伴一起。我想到了那些想把那次拼死一战拍成电影的人,那些出版商和他们的图书交易。那些叫嚷着要写幽灵的代笔。

所有人都想要我把那场战斗回忆起来。我却只想溜掉。于是我要求去一个没人能找到我的地方工作,一个没人知道我的名字的地方。

于是他们给了我一个号码——23——我的小信标。

但就在这里,又有一道强光射向我,一个小队的尸体飘在太空中。而战争又在一点点靠近。

我晚上睡不着觉。

也许这是好事。

# 第七章

警报声在距离气闸舱区四层远的指挥站响起。我从自己藏身的窟窿里爬出来,看看这个世界为什么要"哔哔"狂叫。穿上太空服以后,梯子一下子变得很是薄情寡义。我用一只手抓住横档,另一只手拿着头盔,用臀部靠着横档往上爬。我马上就要失控了。航空航天局在我身上的投资都要白扔了。

我爬过能量和生命支持舱,爬过我以前的生活区,爬上我以为的办公室。有一个扫描仪在闪烁。我正吃力地往那边走,量子隧道忽然发出了提示音。我决定先检查一下那里,航空航天局给我发消息了,可能是让我检查扫描仪上"哔哔"声。这些来自休斯顿的小纸条是我唯一的同伴。我们的通讯状况一直良好。只可惜休斯顿到处都是混蛋和监工。也许被关单间的囚犯和我会有同样的感受:他们恨他们的看守,但偶尔的殴打至少还能算是与人类的接触。

我查看了信息。我是他们训练的猴子。

接收生命信号

这似乎不太可能,以至于我怀疑这个小破站又因为重启出

故障了。还没等我转身去看扫描仪,第二条信息又蹦了出来:

检查扫描仪

"我正要去,"我说道,"天哪。"

有时,我真希望这个量子隧道别这么搞突然袭击。

叹了一口气,我穿过指挥室去检查生物扫描仪。它是信标上比较敏感的仪器之一,这说明了一些问题。如果地衣或病毒开始在船体外部聚集,扫描仪就会发出警报,就像现在这样。我确认了警报,一般情况,它应该在我确认之后关闭,但警报灯一直在闪烁,这让我知道读数仍然处在活跃状态。

休斯顿的书呆子们开玩笑说,生物扫描仪可以听到500千米外真空环境中蛋白质折叠的声音。他们认为这个笑话很有趣,因为声音不会在真空中传播。至少我知道这是个笑话。航空航天局对他们害怕的事情态度都很奇怪。他们总是对未知的生命形式感到非常紧张,却只会开这种玩笑,就像十几岁的男孩谈做爱。

我仔细端详扫描仪上的光点,希望它能消失。离船难发生已经有一个星期了。有没有可能是某位船员在被撞击后的停滞舱中幸存了下来?还是有一批农产品在箱子撞到其他东西时破开了?

信号肯定就在货船残骸中。而且是一个实在的目标,不是一个简单的扩散光点,比如泄漏生物燃料的容器。那是活着的东西,否则就是灯塔的扫描仪坏了。我认为后者更有可能。我看着光点数到十,等待它在真空中死去。如果那东西是被密封在太空服里或船舱里,扫描仪是不会发现它的。即使最近这片区域有这么多的活动,就算有人在外面大便,扫描仪也只会短暂地响一下,亮一下灯就完了。

走开,我对那个亮点说,我不需要你。

……

我咬住指甲。我差不多已经改掉这个毛病了。

……

差不多。

……

该死。好吧。我回到量子隧道前,开始打字:我看见了。32千米

换句话说就是:确认,它位于三十二千米以外,所以我们能不能装作它不存在?

检查

换句话说就是:到真空中去,看看那里有什么活着的东西,如果它没有杀死你,就回来报告。

该死的航空航天局。如果这是在放恐怖电影,那么所有观众都会抱紧小腿缩起身子,大喊大叫地提醒主角转身快跑,或者钻到床底下去,或者打电话叫警察,或者把枪拿起来。只有航空航天局这个笨蛋会对我喊:"去看看是什么声音!别忘了带手电!"

## 第八章

至少我已经穿上了太空服,而且在穿着它睡了一个星期之后,这东西现在散发着我的汗味,不再是别人的汗味。正是这种积极的人生观让我度过了三次半的服役期和第一次信标职守的前六个月。我是个开朗的人,这让你不太容易察觉到潜伏在我胸中的那种原始、黑暗、令人震惊的恐惧。我却每时每刻都在与之斗争。偶尔,当身边没有人的时候,我会将脸埋在手掌中,低声啜泣。它让我很难待在人群中,也无法忍受任何响亮的声音。我觉得我可能永远都不会再有正常的感情关系,无论是柏拉图式的还是其他什么方式的。一旦你看到了我心里的这些东西,你肯定会对自己说:"嘿,为什么这家伙总是那么快乐得好像要死一样?"

我把一些物资装进救生艇(医疗箱、额外的氧气罐、全能餐、一壶水),并确保采样箱被锁在救生艇隔间里。在检查发动机和生命支持系统的时候,我想起了我的飞行员时代,那是在我被禁足并被迫加入步兵队之前。军队告诉我,醉鬼在前线是一种资产。但在天空中,我们就是个麻烦。

我一边给推进器预热,一边寻思着小行星带里会有什么活物。我忽然发现自己很渴望救生艇的翅膀下能有一两部激光炮。然后我又不得不提醒自己,这个生锈的铁皮桶甚至连翅膀都没有。它的形状就像一个野外厕所——只是没有厕所那么好闻。当我封住舱门并与信标脱钩时,我想起它飞起来也很糟糕。我摇摇晃晃地驾驶着这艘小艇,过了好一会儿才对操纵杆有了点感觉。我伸长脖子,回头去看我在外太空的小家,她的样子让我有些头晕。

我就住在那里?

23号信标就像是大片黑色油污中一个米白色的罐子。船体上点缀着因微小撞击而产生的烧痕和黑点,我可以通过上部太阳能电池阵列上新出现的窟窿看到一颗星星。信标的顶部和底部以及阵列边缘都有闪光灯向路过船只发出警示信号。除了信标以外,我的这片区域空空如也,甚至大部分船只残骸都不见了,只有一些卷曲的金属和碳纤维片表明这里发生过什么,就像车祸后的十字路口,散落着玻璃和破碎的尾灯罩。

我意识到自己应该多出来走走。这个视角感觉很好。航空航天局的规定指出,我们应该每周进行太空行走,检查信标外部情况。但我被告知没有人这样做。我们都更愿意把头靠在重力波发射器上,享受它的嗡嗡声,希望没有坏事发生,把我们从这一点可悲的舒适中惊醒。

仪表板上的几块显示器都在闪烁,因为我刚刚暂时失去了信标的上行链路。我拍了拍仪表板侧面,视频恢复正常了。我把信标上生物扫描仪的信号转到这里,好追踪到光点。我一直在等这个光点消失。但我能感觉到休斯顿的信标操作员正在追踪所有遥感设备,同时还不停地用手指敲打桌面,希望我能快点给他们弄到更多数据。在隔壁的桌子上,另一个操作员可能正在处理512信标和一个麻烦的黑水泵——那个泵似乎很有自己的想法。后面一排,有人在通知82号信标他们的航路要改了,下周会有一艘拖船来重新安置他们。想到这里,休斯敦仿佛突然间变成了一个客服呼叫中心,负责处理散落在浩瀚宇宙中许多昂贵的金属筒里的小紧急情况。哈,也许监工不是他们,而是我们。

碰撞警报响起,一颗大号的小行星翻滚着向我飞来。它离我还很远,我有足够的时间来纠正方向,当我开始进行机动的时候,才明白为什么警报器要提前这么多时间通知我:这个铁罐子开起来就像一辆独轮车,而它唯一的轮子还是超市购物车上那个有自己想法的旋转轮。

我锁定了生物源,它在一颗岩石小卫星的背面,离信标大约30千米。现在它就在我前方500米,而且正以相当快的速度向信标飞过去。好像它就是冲着我来的。我想放大头部显示器画面,却发现我戴着太空服手套的手只是在半空中摸索。没有头部显示器。我不在我的猎鹰战机里。不知道这样的小习惯到底还要持续多久,真是让人发疯。我只好凑合着在安全带束缚的范围内向前探过身子,眯起眼睛细看显示屏。

就在那里。

在乱石迷宫之中,一个有着整齐的人造线条和棱角的物体。看起来就像一个标准的货运集装箱,就是可以装进宜居行星繁忙的货运机场上那种短程大气层飞船腹部的那种箱子。它被涂成鲜绿色,两侧有一些很有视觉冲击力的标志,还是用几种不同语言写的。

我放慢了救生艇的速度——向前的喷射气流凝结成小小的晶体。救生艇鼻子下面的关节机械臂随即展开。当我靠近那个容器,才看到它旁边飘浮着一些物体——它们本应该在容器里面,肯定是在撞上一块翻滚的岩石后散落了出来。一只马桶座圈旋转着从我旁边飞过,随后又是几十只同样的马桶座圈,还有木条箱的碎片,仿佛轻飘飘的飞蛾一样的女士连衣裙——其中许多还挂在衣架上,奇怪地保持着一种皱皱巴巴的形状。

我穿过一片又一片小行星群。如果更大规模的岩石群代表了一些没能完全成形的原始行星,那么这里就像一个从未达到临界质量的百货商店。

我把救生艇转向那个容器,打开艇首部位的聚光灯,光线只能勉强穿透金属箱子内部的黑暗。有那么一瞬间,我开始犹豫是否要进去。但我突然想到,这就是为什么在有人处理好人工智能以前,航空航天局需要让猴子进入太空。他们就是要让愚蠢的猴子来给这种事做决定。

我又查看了一下救生艇里的几块显示屏,想看看生物扫描仪还要告诉我什么。现在的标记看起来不一样了,变得更加微弱。我拍了拍屏幕,整个画面晃动了一下,但中间的那个红色小光点只剩下了一点模糊的影子。外面那个活着的东西撑不了多久了。而我已经到了这里,离它如此之近,我觉得有必要拯救它。刚才我只是想让它消失。现在我却想让它坚持得更久一点。

我把船从一边转到另一边,同时紧盯住这个光点。这有助于对它进行三角定位,以确定信号是来自集装箱内部。一个硕大的邮政服务塑料桶翻滚着飘过去,洒下了无数封信和小包裹。还有更多该死的马桶座圈。它们撞上救生艇,不断发出"哐当"声,不过还不至于对救生艇构成威胁。而那个红色的小点却滑到了屏幕的一侧。不知怎么回事,它已经从我身边飘过去了。

我又转动飞艇,直到光点回到屏幕中央。我向飞艇正前方望去,只看到一小簇包裹和邮件。所以我不会拯救某个人。这终究只是个愚蠢的幻想。我追踪的可能是某人的祖母送来的一批饼干,这些饼干现在已经长出了可以在太空环境生长的霉菌长毛。对我来说是个遗憾,不过航空航天局对霉菌很感兴趣,所以负责我的那个操作员一定会很兴奋。

在距离那堆邮包信件还有几十米的地方,我展开机械臂,同时打开太空服头盔,好看得更清楚一些。然后我又松开安全带,向前探过身,仔细看向舷窗外面,一边操纵机械臂轻轻在包裹群中拨弄,将它们打入新的轨道,一边不停地低头观察显示屏,确认光点是否有移动。不过当我透过舷窗看到那个物体时,我一下就知道要找的就是它。不知为什么,我就是知道。透过一个破损的纸板箱,我看见了一个木匣,比烤面包机大一些,表面是樱桃一样浓郁的红色，平滑的表面闪烁着光泽。

在救生艇的聚光灯下，引起我注意的不仅仅是这件物体美丽的色彩，也不只是它的木质纹理——那真是让人眼花缭乱的画面。但让我最感兴趣的是这只匣子破开的方式。我觉得传感器捕捉到的生命迹象很可能就是从那处破裂中泄露出来的。

我穿过成堆的信封和捆扎好的包裹。伸出机械臂抓住箱子，然后把救生艇旋转九十度。光点完美地停留在屏幕的中央。就是这东西搅乱了我一整天的遐想。它的信号很微弱，而且还在不断变弱。我关闭头盔面罩，将机械臂收回到舱内，把我发现的东西放进安全舒适的空气中。

# 第九章

回到信标,我在气闸舱中等待对这只木匣进行检查。如果这里有任何污染,我可以在进入生活舱、脱下太空服之前先清理气闸舱并给自己消毒。不过我希望不用做这些事。当我把木匣带进气闸舱时,显示屏上的那一抹生机就已经在迅速消逝。我开始认为是有人订购的宠物青蛙或用来钓鱼的虫子在那个容器翻滚的时候掉出来了。

我把箱子放在气闸舱里的换衣台上,把医药箱扔在地板上,从里面翻出生化扫描仪。扫描仪上有一个巨大的红色警告:"使用前请勿摘除头盔。"我觉得他们应该把警告印在我们的头盔面罩内侧,而不是扫描仪上。实际上,如果你能在扫描仪上看到这个警告,就说明你已经很小心了。我摸索着扫描仪上那个小得令人恼火的电源开关,想知道有多少太空猴子在操作这个东西之前脱下了太空服手套,航空航天局在制定和布置警告语这件事上做得实在是很糟糕。

生化扫描仪终于启动了。我把扫描仪在我的衣服、头盔周围和手臂上挥舞了一番,然后慢慢地把它移向木匣,在木匣周围转了两圈。我能感觉到扫描仪在我掌心嗡嗡作响。一个琥珀色的小灯在读取数据时不停地闪烁,最后,它变成了绿色。

绿色表示一切正常。至少我坚信这就是它的意思。或者绿色意味着:"是的,我们发现了危险的东西?"这说不通啊。我禁不住会胡思乱想,因为这种事太让人害怕了,我提醒自己,如果空气中有什么东西能和我的身体发生反应,那肯定也会和扫描仪发生反应。我现在真正想要的是有第二个扫描仪来扫描一下这个扫描仪。也许还应该有第三个。

蛰伏在我心里那个犯强迫症的小自我似乎在蠢蠢欲动。他只有在非常确定我即将死得很惨很惨的时候才会这样醒过来。我在战争中多次见到过这个家伙。但在过去的一周里,他就像大学时的老室友一样,有一天突然出现在你面前,躺在沙发上,然后你才知道,他一直和你住在一起,还会把你放在冰箱里的牛奶丢在案台上。

啊,该死。我要么死在气闸舱里,因为吸入了本来要邮寄给某个政客的毒素;要么就等到一大块碎片在舱壁上打出一个洞,吸走我的每一点空气。我不知道要不要屏住呼吸。但那只会让我过一会儿就猛吸一大口气,那会不会比我现在小口呼吸更糟糕?(我们小队里有人大笑着放屁的时候,我经常会被这个问题困扰——是应该正常呼吸?还是应该先憋住气?后者会不会反而让我把屁吸到肺部深处,让它永远呆在那里?让那些小屁细胞与我的身体核心融合在一起?)

我决定采用小口呼吸的技巧,嘴唇紧闭,几乎像吹口哨一样一点点呼吸空气。现在只能相信这该死的扫描仪了。我打开面罩。小口呼吸的技巧让我有点头晕——至少我觉得是呼吸造成的。我的强迫症室友在我脑袋里高声尖叫:"早就告诉过你了。"还向我保证我们都快死了,说这都是我的错,因为我没听他的话。

我摘下头盔,脱下手套。我的呼吸更为正常,头晕也消失了。我的室友耸了耸肩,津津有味地吃着一片冷披萨,转过身去看电视了。我把注意力转移到了木匣上。

医药箱里有一把剪纱布的剪子,可以用来剪纱布和剪开太空服。我用这把剪子剪开仍旧掩盖着闪亮红色木匣的纸板箱。同时小心翼翼地避免破坏标签,因为我确信航空航天局会想知道这个包裹是给谁的,以及它来自哪里。瞥了一眼标签上的名字,我看到它要被送往牛津的一所大学,首字母是SAU。我从没有听说过这个名字。不过牛津的大学有上千所,我大概只能说出两所。收信人是一位名为阿拉德·博克曼的教授。发件人的名字被撞损坏了,但我相信航空航天局能追踪条形码。

我把纸板箱放在一边,开始研究木匣。虽然已经破损,但还是很漂亮,四周雕刻着华丽的图案,看起来像一串链环相互交织在一起。这些雕花不够完美,让我觉得它们应该是手工雕刻的,但它又极尽精致,显示出雕刻者的天赋和用心。或者也有可能它们是用机器雕成,只不过添加了足够多的变化,让我以为它出自于手工。在这个时代,你永远不知道什么是真实的。就算是最简单的事情也不可能给愤世嫉俗的人带来快乐了!

首先要做的是检查损伤。我用拇指探测匣子残破的边角。到处都是锯齿状的碎片。我突然想到——我的室友扔下他的那片披萨，惊恐地从沙发上跳起来——这个洞可能是从内部形成的，而不是外部撞击的结果。也许有什么东西逃出来了！

我把匣子放下，退了一步，差点被我的头盔绊倒。有那么一瞬间，我眼角的余光扫到一只太空服手套，觉得它仿佛是一只巨大的白蜘蛛。我惊叫起来，不由得回想起自己以前在军队时看到铺位上的剑蛭所感到的恐惧，然后是铺位上的剑蛭消失给我带来更大的恐惧，电流冲上了我的脊背。

我觉得膝盖有些发痒。

有某种东西在我的屁股上移动，一直爬上了我的肋骨。

我抓着已经一周没有离身的衣服，试图想起扣子、拉链和按扣的位置。我一边把手脚从这身衣服里退出来，一边意识到这些瘙痒可能是由于我穿了一个星期这套该死的东西。实际上我已经持续瘙痒好几天了。穿着这套衣服，唯一有可能杀死我的就是这该死的臭味。

现在我全身赤裸，汗水涔涔，呼吸急促，价值十万美元的航空航天局太空服从里到外翻过来，像新婚之夜的晚礼服一样散落了一地。我试着回忆一个曾经拿起步枪，冲向雷荷军团的人，他的身旁绽放着等离子球，泥土如喷泉般飞起，战机在大气层中缠斗，动能弹从轨道上急速下降。

现在这个患上弹震症，腿瘸脑子蠢的人就是我吗？

就是走进新兵训练营的我吗？

就是在高中时的我吗?那个真正的我?军队到底对我做了什么?

就在这时,我听到了一阵抓挠声。来自气闸舱长凳上的木匣。

一个小小的声音响起,那似乎不是来自于我的脑子。

第十章

我拿起木匣,转动这只表面如同镜子一般,只是已经破损的木质工艺品,寻找它的锁扣。这时,我又一次听到里面有东西在动。还感觉到有什么东西重重地撞在匣子侧壁上。我觉得整只匣子在我的手里微微颤抖。

木匣的锁扣实际上是一串四根木钉,每根木钉都比我的手指更粗一些。我一次将一根木钉推进去,推到第四根时,让前三根滑回到与盒子齐平的位置。我又把前三根推进去,但盖子还是打不开。我让木钉回归原位。又试着推进前两个。复位,推进第一根和第三根。复位,中间的两根。复位,只推进第一根。复位,只推进第二根。然后盖子就弹开了。

匣子里的东西又动了一下。然后我听到有人说:

"棒冰上的上帝啊,你真是用了不少该死的时间。"

匣子里有一块石头。

我看着那块石头。

我觉得那块石头也在看着我。

那块石头稍稍挪动了一下位置。

"怎么了?"他问道。

"你好?"我说。

"好的,你好,你怎么用了那么长时间?我都要死在这里了。"

"你是……一块石头。"我告诉那块石头。

"该死的,我是。"

我把匣子放在长凳上,让体重落回到脚跟上,看着这个小东西。它是灰色的,有很深的黑色洞眼、小裂缝、裂纹和斑点。其中一个洞眼格外深邃,可能是一只……眼睛?我曾经在军队和航空航天局看过无数张关于外星生命的卡片,虽然早已忘记了大部分为了通过考试才必须要记住的东西,但我知道有大量生物会伪装自己,要么是为了不被踩到,要么是为了杀死那些离它们太近的人。然而,我从来没有见过一种生物,看起来如此像……一块石头。

"你是什么?"我问道。

"嗯,既然你明显是一个人类,那么你可以叫我奥尔维德。你的口音表明你是地球人,那么你这个混账肯定根本不会在乎我用自己的语言是怎么称呼自己的,那你又何苦要问呢?"

"你真是个嘴臭的家伙。"我说。

"我只是在表达心情的时候耸了耸肩。"石头告诉我。

"这可真奇怪,"我说道。这句话我主要是对自己说的,不过我大概也想让这块石头听听,"我的意思是,我生活中的很多事情都非常古怪和疯狂,但这实在是怪异得令人着迷。"

"好了,别废话了。我正在前往牛津去迎接幸福生活的路上,但我随后知道的就是我不能呼吸了,我听到了一些不正常的尖叫,我幸福的小木屋在拼命摇晃,这让我只能不停地骂娘。天啊,伙计,我差点就死了,而你却还在想着你自己?你到底是有多么自私啊?"

这让我有些措手不及。盘旋在我的脑子里的念头还只是这个石头一样的外星人是不是真的有生命,所以我还没有来得及考虑到一个智慧生物差点就死了,我的确只是在担心自己的感受。

"该死,"我说道,"抱歉,非常抱歉。你还好吗?你需要……嚼两颗小鹅卵石吗?还是其他什么?"我笑着问。

"你去死吧。"石头说,"我只需要一些水。"

⇒⇒⇒

这就是我,在一个信标里,在第八星区的边缘,实在是太边缘了,差不多已经到了第九星区。我打开水分回收器的水龙头,把水灌进一只塑料杯,然后把水滴在一只破碎木匣里的石头上面。

"不要浇我该死的头!"石头说道。

我感到歉意,但还是忍不住笑了。这块石头说话略带着一点不列颠口音,这让它的每一句话都变得更加有趣。

"抱歉。"我说。

"只要一个小水坑,伙计。把我放在里面,这可以节省我的时间。"

我照石头的话做了。这时我突然想到,我还没有把这件事上报,也没有和航空航天局核实我的发现。我去量子隧道上看了一下有没有新消息。什么都没有。这太奇怪了。所以我向休斯顿送出了一个"55"快速信号,这个信标代码的意思是"如果你们想知道这里的情况,那么这里一切正常。"

"我们在哪里?"石头问我。我意识到我需要给这家伙取个名字。还有,除了我心里那个被吓坏的强迫症室友之外,现在还有另一个人在陪着我,这真是太酷了。

"23号信标。"我说道,"第八星区。在伊恩班克斯小行星带的外缘,介于矿石带和……"

"好了,上帝啊,好了。就是说哪里都不是,我明白了。那么,下一趟航班是在什么时候?"

"下一趟什么?"

"我什么时候能到家?"石头喊道。它的声音听起来更像是尖叫,而不是咆哮。就如同一根粉笔划过黑板。

"呃,下一艘补给船会在……我觉得应该是三个月以后?"

石头盯着我。

他真的只是耸了耸肩吗?

他看上去好像快要气疯了。

小水坑表面浮起一个气泡。

我不太清楚石头会不会放屁。

"我需要知道你的名字。"我对石头说。

"见鬼去吧。"

"我在想……"

"你已经知道名字了。"石头说。

"……哦,这很明显。"我笑着说。我笑得太厉害了。这是我这么久以来第一次大笑,以至于我所有的情绪都被触发了,一时之间,我抽噎起来,笑声中混入了一些泪水。

"你怎么敢这样,"石头说。

"我要叫你……"

"我有名字!"

"……洛基。"

洛基盯着我,或者不如说是狠狠地瞪着我。我又开始大笑。该死的,这种感觉真是太好了。

"你是我见到过的最坏的人类。"洛基说。

我抹掉面颊上的泪水。"我觉得,等到补给船来的时候,我可以把你藏起来,不告诉那些白大褂你在这里。"

"这叫绑架,你这个变态猿猴。"

这句话让我又笑了一阵。尤其是他的口音,那个口音简直要我的命。

"你是石化了吗?"洛基问我。

这个笑话真是太过分了。我弯下腰,双手抓住小腿,一丝不挂地站在指挥舱里,又哭又笑,不停地喘着粗气,担心自己可能会停不下来,担心自己会这样死去,死于如此多的快乐和欢笑。而一艘失事货船的碎片撞上这个信标,破坏了太阳能阵列。载满人的飞船以20倍光速在太空中航行,勉强避开了这一片巨大的漂流暗礁群。这一切都是因为我在这里,因为我在努力应付这一切。这只训练有素、待在外太空的没毛猴子。

# 第十一章

洛基和我坐在信标的工作端,这里通过十二米长的无重力管道与信标主体相连接。重力波发射器就被安装在这里,将本地所有重力干扰信息传送给穿越超维空间的船只。我的头靠在它的圆顶上。这让我觉得仿佛有一只温暖的手正托着我的颅骨,将安慰一直带到我的脚尖。

"和我说说你的家乡。"我对洛基说。装着他的匣子就放在我旁边。这样他能够和我一起望向主舱窗之外,看着那些星星和他奇迹一般从中逃出的货船残骸。

一阵沉默。一阵意味深长的沉默。

"那里很美。"他说道,"你是从地球来的,对吗?"

"是的。我在那里一直生活到十岁,然后和我爸爸去了猎户星座。又在阿贾克斯待了几个月,然后又去了新印度。我曾经当过兵。"

"好了,好了,我没有问你的整个人生。"洛基说,"嗯,关于我的家乡,你可以想象一下地球。不过还是不太一样。"

我笑了。"明白。"

我们默默地坐了很久。在这里感觉很好。有个伴儿就更好了。我可以再干四年。我可以重新入伍。我记得在军队里也有过这种感觉,那些日子真的很好,当你从可怕的地方幸存下来,难免会感觉有点无敌,实际上,我的内心深处感到很高兴,只是高兴的方式也许有一点不健康和狂躁。在那些日子里,你会去找你的指挥官,向他敬礼,用你最响亮的新兵营的嗓音喊道:"请为我报名参加下一次行动,长官!"后来,当兴奋的感觉消失了,你从幸存者的激动中回过神来,心情恢复正常时,你会说,"该死的,我刚才做了什么?"

现在我也有这种很好的感觉。

过了一会儿,洛基开始向我讲述他的家园行星。我一边倾听,一边凝视着窗外的星星和那些闪烁不定的铝片。

"你们发现我的星球时,把它命名为奥沃。以一艘侦察船上一位医生的名字给它命名。我记得那个医生在一周前死掉了。不管怎样,你是不是觉得你们给我的星球和我起的名字听起来就像一连串莫名其妙的噪音?该死的,虽然这样说好像我很歧视你们的发音,但你的感觉没有错。"

洛基发出了一连串莫名其妙的噪音——那应该是他的母语。我微微一笑。生命真美好。

"我们没有月亮。我们的太阳距离我们很远。我们获得的热量来自于放射性地核。我们的行星地质构造活动很少,这使得它一直处于一种不可思议的静止状态,大部分地表都被几米深的水覆盖,另外就只有一些非常低矮的岩架和平坦岛屿,大多数冷却下来的东西都在那里。那就是我的家。"

"所以你们不是太空种族?"我问。

"没错,混蛋,不是太空种族。"

"但你们有认知能力。"

"比你聪明。"

我又微微一笑。"那么你们的身体构造呢？我估计一定有神经吧?"

"没有神经那么简单,不过类似。是的,我们有很高级的社会系统。所以我们发展出了认知能力,还有心理理论和所有诸如此类的东西。"

"什么样的心理理论?"我又问。

洛基停顿了一下,仿佛是在考虑他有没有足够的耐心教导一只猴子。

"我能猜出你在想什么。"他说。

我的大脑已经飘去了另一个不同的话题。"如果是你们的一支小队伍,你会怎样称呼他们?"我问。

"你在说什么?"

"嗯,一小队奶牛可以称为'一群'奶牛。那么一小队石头呢？一袋子?"

"一袋子石头?"洛基问。

我笑出了声。

"你去死吧。"

"洛基,你是我最好的朋友。"

"怪不得。我曾经和教授争论,到底有没有地狱这种东西。我错了,当时我放弃了,承认教授是对的,世界上没有地狱。但现在我找到证据了。"

"你是在哪里学的英语?"我问,"又是和谁争论天堂地狱的事情?那个教授是谁?"

"我们没有争论。我们是在辩论,在讨论。这才是文明人做的事情。你偶尔也应该试试。"

"好吧。"我觉得有一点清醒了。至于说是为什么,我不在乎。我坐起身,离开重力波发射器,"和我说说你的主人……"

"我的主人是我自己。"洛基说。

"是,抱歉。"我摇摇头,"说说你的那个收货人教授,在牛津的那个。"

"我是他的研究助手,"洛基说,"我刚刚结束在德尔斐的实习,要回家去。我与博克曼教授合作,进行人类和意识研究。"

"所以你是生物学家?"我问道。又一阵新的惊愕在冲击我,不过我很快就醒悟过来。这东西当然是有工作的——这个生命,不是东西。我实在是有太多偏见和成见需要被丢掉了。就在我觉得自己应该是说对了的时候……

"不是生物学家。"洛基说,"我在博克曼教授那里学习了三年。他是一位哲学家。"

我仿佛一下子明白了什么。

明白了一件有趣的事。

"等等。"我说道。

"不要……"洛基警告我。

"你是在告诉我……?"

"啊,该死。"洛基说。

"你是一块哲人石?"①

━━━━

又过了一两分钟,笑声终于停住了。我侧身躺着,蜷缩成一个球,终于恢复了呼吸,然后就躺在那里,凝视着外面的星星,在这个信标里第一次感到满足……我觉得自己会永远这样。我想到了那艘平安通过的客船。它的安然无恙可能就是因为我在这里几秒钟的拼命挣扎,但没有人问过我这个问题。怎么没有一个人问问我感觉如何?我那时坐在这里,精疲力竭,哭个不停,却感觉到了某种巨大的喜悦,就像这个世界上最高形式的一种宽慰,就像炸弹没有击中目标,你还完整如初,而且还是那种感觉的五千倍。

"军队把你害惨了,是不是?"洛基问。

我没有回答。整个世界都在眼泪中模糊了。

"抱歉和你提起这个。"洛基对我说,我能听出他是真诚的,于是我开始抽泣。我已经很久没有在别人面前哭过了。自从与那个军队的心理医生进行过一次治疗以后,我就再也不想参加治疗了。但现在我哭得死去活来,一直哭个不停。洛基什么也

---

①译注:哲人石,也被称为"点金石",被认为是一种具有惊人作用的神奇物质,具有炼制黄金,令人长生不老的能力。

不说,也不对我进行任何评论,只是坐在他的匣子里。我看不到他。我知道他比我聪明,也更有智慧,这不仅仅是口音问题,而是所有的那些学校教育。他知道我被搞得一团糟,但这不是我的错,这感觉真该死的奇妙,竟然真的有人认为这不全是我的错,所以我哭了又哭,而小石子和钢铁碎片不断撞在我的信标上,再被弹起,像流下的泪水滚落到宇宙中。

当我终于冷静了一点,收拾起自己的心情,洛基问了我一个问题,一个让我吃了一惊,随后又陷入漫长思考的问题。

"是什么伤害了你?"

这让我猛吸了一口气。如果不是刚刚哭过好大一阵,我一定会再次哭起来。

"我不知道。"我说。

"也许你知道。"洛基提醒我,"只是你太害怕,不敢提起它。"

我笑了。"听起来,你就像我的心理医生。"

"没错,天哪,该死,也许我真的开始有一点关心你了。也许还是你的心理医生更关心你。我的意思是,我要让你给我喂水,对吧?而且我真是该死地希望你能把我的事告诉补给船,让我回家,所以我理所应当要对你好一点。"

"你说得理所应当。"我说。

"你不愿意去细想一件事的时候,不就会这么说吗?"

我坐起身,从重力波发射器和舱壁之间的空隙挪过去,背靠舷窗坐下,看着圆顶和环绕这个小空间的小块玻璃嵌板。

"我曾经是一名飞行员。"我说。

我深吸一口气,不知道自己到底想要说些什么。

"我在虚空战争中经历过许多次行动。我们……经常是一群人死在不知道什么地方,知道吗?那里甚至连一块石头都没有。除了星图上的几根线,其他什么都没有。毫无意义。你只有喝醉了才能觉得这种事有点意思,明白吗?就像……一艘船的甲板在几杯朗姆酒下肚之后就变平静了。就像是这个世界已经像你一样倾斜,那你就要用一些混合物让自己平衡过来。"

洛基听着。他真的在听。

"不管怎样,我不能飞了,被派去了前线,参加一场闪击战。那时我们就要结束战争了,要在圣诞节的时候回家去。但那全都是谎话。当时我正在军队里度过第三个服役期。是A小队的一名中尉。就是那种没人接该死的电话时会被叫过去接电话的家伙。实际上,我能够升迁是因为我上面的人一直在死。我的每一个长官都被炸成了碎片。于是他们就不停地让我升职。没有人在乎我的呼吸会不会让野战爆能枪上的迷彩掉色,他们只关心我们杀死的人要比我们牺牲的人多,我们的确做到了。"

我的思绪飘回到最后那一天。我在战场上的最后一天。我拒绝再战斗的那一天。我的手落在腹部的伤口上。

"那天我本来会杀死一大堆人,"我说道,"我猜我已经杀了很多人,但我本可以挖掉一整个蜂巢,一个巢穴中的所有蜂巢,彻底改变战局。那意味着我们也要彻底抹掉自己的三个排,而且我已经失去了自己的全部队友,但把那整个地方彻底摧毁依然是正确的选择。只是我没有那么做。不过我们仍然得到了最好的结果。雷荷军撤退了。因为我的小队直接杀进了他们的队伍中。是的,那天的英雄是我的小队。只是因为我最后能在医院醒过来,而不是死在那里,他们就给我戴上了勋章,把我的内脏重新缝回到肚子里,还举行了一堆阅兵式——那些我是躺在医院的床上看的。我仍然不知道为什么会有人在意两支军队互相残杀的时间应该是明天还是今天下午,我也从没有问过。

"我的指挥官的指挥官的指挥官带着他满领子的金星来找我,问我在剩下的职业生涯中想做什么,好给我的岗位起个漂亮的名字。"

我停顿片刻,回想那天的情景——那个老人,他满脸的笑容。他为他的军队所制造的伤兵感到自豪。

"你提出了什么要求?"洛基问。

"我告诉他,我想要周围再没有其他人的工作。"

我记得那位老人的笑容渐渐消失,越过他嘴唇的疤痕重新拼在一起。那道伤疤恢复完整时的样子让我知道,老人在得到它的时候没有笑。他走了,不过他实现了我的愿望。

"航空航天局是优秀飞行员的最终归宿,"我告诉洛基,"最优秀的飞行员,只有满足了所有那些该死的条件,他们最终才能加入航空航天局。一直都是这样。直到我。"

我们在沉默中坐了一会儿。

"我觉得你是好人,"洛基说,"你救了我,对吧?"

我向前俯下身,把脸埋进手掌里。我没有回应他的话,但我在想——到底是谁救了谁?

能说出这些事,这种感觉很好。我已经不是第一次后悔没有继续去见心理医生了。我只是还没有准备好,太害怕面对自己。我心里的东西那时被人看见还有些太早。

"嗨,洛基?"

我从手掌中抬起头。朝匣子那边挪过去。洛基正坐在他的小水坑里,那水坑和我刚刚灌水时相比似乎没什么变化。

"石头?"

他抬起眼睛看着我。我猜他在寻思我要说些什么。

我玩弄着他的匣子上的一块碎片,把那块碎片来回弯折,直到把它拽下来,又把它拿到我的鼻子前。我吸入带有木头气味的空气,欣赏这一小块木头的润泽、青涩和新鲜,就像它刚从森林里出来一样,这块碎片最近还活着。它闻起来像我在地球上的童年,像阳光下的味道,像清新的空气和大气。

洛基保持着沉默。我觉得我知道是为什么。

"盒子上的洞是你弄的,对不对?"我问他。

他在愧疚中看着我。

"你实际上就像……就像一颗射进肚子的子弹。"我继续说道。

洛基稍稍挪开了眼神。

"你伤害了这只盒子。它在外面的时候还有一点生命力。它会被送到牛津SAU的博克曼教授那里去。但它原本是空的,只是一只盒子。这块木头在慢慢死去,只不过你在半路上又撞伤了它,对不对?"

洛基什么都没有说。

"我失去该死的理智了,对不对?"我问他。

我觉得洛基在点头。我相信他正在这么做。我希望他能说些什么。我希望他会和我说话。但他只是一块石头。

一块有一条深色纹路的石头——我希望那是一张嘴。

一块有一些坑洞的石头——我希望那是眨动的眼睛。

我的强迫症室友从沙发上抬起头来看我,脸上满是哀伤,仿佛他一直都知道,仿佛他才是那个神志清醒的人。

是的,他才是清醒的人。他用舌头把一侧嘴角舔了二十遍,然后舔了另一侧嘴角二十遍,又舔了上嘴唇二十遍,这样能让迫击炮打不到自己,还能让迫击炮弹落在远处的战壕里,杀死另外一些人。

是的,他才是清醒的人。

是我一直在和石头说话。

这就是幻觉的问题:它们很容易就能形成,但只要它们分崩离析,就再也不可能被拼凑回去了。在这方面,它们也和人类一样。

很难搞清楚一样东西是活的还是死的。有时候真是太难了。

我再一次嗅了嗅那片木头。它仍然在隐约散发出生命的气息。不知道为什么,我的思绪飘向了爱丽丝·沃特斯。我高中时就喜欢她,在军队里经常给她写信,因为我不知道还能给谁写信,我很想知道她对我寄出的所有那些发疯的信有什么看法,从那些信上,是否还能嗅到一个还有生命的人,嗅到他在呼吸,在害怕得要疯掉;还是那些信上只有疯狂、绝望、血和燃烧弹的气味;或者,那些旧情书就像我一样,对她来说只有战争的臭气。

奖金

第三部 BOUNTY
PART 3

# 第十二章

他们说坏事成三,不过我不这么想。我觉得坏事的特点是接踵而至,无论是现在还是将来,都从不会停止。但要一直把它们数下去实在是太令人沮丧,于是我们在数到第三件坏事以后就会重新开始。我们屏住呼吸,小心地等待,也希望整个宇宙和我们一起等待。

但突然间,又有其他不好的事情插进来。害怕而且健忘的我们对自己说:"好吧,这是第一件。"然后我们打起精神,准备好迎接下一件。

下一件坏事总会到来。

我住在第八星区边缘的一个白铁罐头里。我的工作是防止坏事发生。到目前为止,我的绩效记录都不怎么样。我的一台显示器上的屏保画面显示着:距离上次事故已有18天。每天早上一点钟,那个数字都会跳一下。这就是我的进步。

大多数飞船都会以二十倍光速通过我的星区,只在我的重力扫描仪上留下一点涟漪。不过在差不多三个星期以前,一些混蛋差点毁了我的信标,一艘驶向织女星的货船在我后院的小行星带里被撞成了碎片。现在大多数残骸仍然飘在那里——海盗、拾荒者和寻找纪念品的人都没能把它们搬光。

我猜，如果要算的话，这应该是第一件坏事。第二件事我不想提，不过它涉及一块会说话的石头。好吧，是我和一块石头说话，我很确定那块石头从来没有回过嘴。为了以防万一，我在那家伙身上钻了个洞，把他挂在了我的脖子上。不过我也不知道自己这么做是为了什么，为了确认这块石头真的死了吗？还是为了让它靠近我的耳朵，以免它再说话的时候我没有听到？我告诉过你，我可不会为此而自豪。

而正是第三件事造成了我现在满身的淤青、刮伤和擦伤，我的脚踝不是扭伤就是骨折了，我的手臂也在用吊带吊着。两天前，我的重力仪表板上的指针们开始不受控制地摆动。这足以让一个人的世界天翻地覆。是真正的天翻地覆。嗯，你懂的。

现在我完全是一团糟，我的信标也是一团糟。工具、食品袋、备用的东西，都在各自的小隔间和橱柜里"哗啦哗啦"地乱转，直到最终像发疯的恶魔一样冲出来。几百样东西飞得到处都是，现在它们又选择静静地躺下来，就好像刚刚痛揍了我一顿以后，现在它们都累了，要睡个午觉，等着我把它们都塞回去。

在那之前，我先要给重力发生器的紧急停机开关接上线。我在每个生活舱的天花板上都装了一个红色的大按钮，连到那个开关上。另外，我还给生命维持系统的断路器也装了同样的紧急连线。我要小心别踩到这些按钮上，但如果我的白铁罐子再这样晃荡我一次，我就能一拳砸到这些按钮上，而不是在重力把我变成骰子乱摇的时候还要努力沿着梯子爬下去。上一次我这么拼命爬梯子的时候,一条胳膊被直接拽脱臼了。

我可以把这件事上报,把我的伤口列出来,这样航空航天局就能把我送回家了。问题是,我没有家可回。我心里早就知道,我要在这里度过一生。照目前的情况来看,我想这不会是一段太长的时间。

我完成了最后一个急停开关的接线。即使地板上的格栅已经打开,我还得在一些软硬管道下面蠕动很久,才能到达重力发生器。我把绝缘胶带缠在电线接头上,看到自己的手指上也缠着同样的胶带,我不由得笑了。我的绷带用完了,只好用胶带把伤口包起来。同样的东西把我和我的信标缠在了一起。该死,这个地方大部分都被以前的操作员改造过。就像三十五岁的人体,一个原始细胞都不剩了。剩下的只有记忆——而该死的记忆是我们唯一希望能够切除的东西。

这种情形很古怪。同样古怪的是,当噩梦纠缠着我们时,我们是多么容易忘记美好的时光。我猜这是一种生存机制。我们活着不是为了快乐。活着只是为了活着。很多时候我都希望自己没有……不,那是我的黑暗秘密,我不会告诉你。我都不会悄悄告诉我的石头。

三件坏事情。它们总会这样出现,聚成一伙儿让你来数。现在它们冲我来了。

叮咚。

第一件事随着门铃声到了。

好吧,这不是门铃。实际上它是船体接近警示。但如果你问我为什么把警示音改成这样,因为我觉得以前的声音听起来太像空袭警报了。如果是像原先那样偶然响一下,感觉还不算太糟,但货船事故后,这种声音开始让我心烦意乱。让我受不了的是等待它响起的过程。在这种悄无声息的等待中,你的全身都会绷紧。你会大睁着眼躺在睡袋里,仿佛能看见有个家伙在向你大喊:来了!然后就是一片红色的云雾在一个人曾经站过的地方炸开。是啊,让你崩溃的不是空袭警报的声音;而是躺在那里,等待着,倾听寂静,心里数着数。

我大概查了查,找出警示音的音频文件存放的地方,把它替换成门铃声。当然,我在文件库里找不到门铃,所以我只好自己录。是的,我本可以用扳手和钢板弄出好听的钟鸣声,但我太懒了,就对着麦克风说了一声"叮咚"。现在,有访客到来时,我听到的就是这个声音。冲我笑一下吧。有时候,你只能笑笑——抱着小腿,前后晃几下,再笑上几声。

我扭动着身子从管道缝隙中爬出来,用我的肩胛骨快速移动,从一边滚到另一边,用我那只还算健康的脚撑起身子。

叮咚。

我来了。

叮咚。

马上就来。

我钻出管道堆,一瘸一拐地穿过四处散落的各种零碎。单手爬梯子本来就费力,而且我的一只脚踝还扭伤了。到了生活舱,我用睡袋旁边的开关让报警器静音,然后又上了一层楼,进入指挥舱。从高频无线电里传出一阵静电噪音,接着就有说话声被传输过来。

"……标23号,我是理智边缘号,请回话。"

我用空着的手拿起麦克风,一阵剧痛立刻刺穿了我的胸廓,我不由得瑟缩了一下。向旁边的舷窗转过头,我看到一艘船正在三四千米外盘旋,飞船的翼尖上闪烁着红色和绿色的灯光。长长的荚舱挂在船翼下面,顶端闪着金光。是激光,正在指向我。

"信标23号。"我说道,"说话,理智。"

我查看了一下扫描结果,看到这艘船是注册在德尔斐的一家企业名下。德尔斐星系一个免税区。很多私人船只都注册在那里,尽管它们从没有接触过德尔斐的大气,往往只是在轨道上做完买卖,随后转头就走。

"请允许停泊,"那名驾驶员说道,"是美国警方公务。"

我又回头瞥了一眼舷窗。那不是警用船。如果它是私人船只,同时又真的是在处理警察的事,而且合法持有武器,那就只可能是一件事,赏金猎人。看来老第八星区终于有了一点令人兴奋的事。我按下麦克风的通话键。

"信标是航空航天局监管的中立领土,"我提醒那名驾驶员,"根据法律规定,任何信标上都不允许有人携带武器,军事或私人保安船只也不允许在没有授权或明确许可的情况下停靠。"

我说的倒也都是实话,但我真正想说的是这个信标已经完蛋了,就像我一样,而且我真的不想接待访客。我穿着我的白色航空航天局四角内裤。要用受伤的肩膀套上一件衬衫简直就和一屁股坐在钉子上没什么两样。嗯,当然,我现在疼的不是屁股,不过你肯定明白我的意思。

"我现在把授权书发给你。"无线电里随之传来一阵"咝咝"声。

我开始查看通讯屏幕。经过简单的核实以后,系统告诉我文件是合法的。我深吸一口气,肋骨又感到一阵刺痛。

"你可以使用查理对接环。"我说。我伸手打开导航灯,开始给对接环充能。然后我想到了一个善意的小谎言,"呃……船长,我被严格隔离了,所以请留在船上。我会去找你。"

另一边发生了一阵停顿。

"隔离?"那个驾驶员问。

"已经不会传染了。"我向他保证——我觉得自己仿佛能听到他长吁了一口气。

如果他查一下航行规避记录,就会发现我没撒谎。我的确被隔离了。只不过记录上没说隔离原因是电脑病毒,受到传染的实际上是我的信标。我竟然会不择手段地让其他人远离我,这有点奇怪。因为我大部分时间都感到很孤独。我想这就是我所遭受的诡异折磨:极度渴望同伴,渴望能有人说说话,但正确的人却从不会出现。一个不受欢迎的访客远比悲哀的寂静更糟糕。

◆◆◆

我顺着三组梯子走到气闸舱,胳膊上的吊带让这趟旅程变得比平时漫长了许多。而任何压在我左脚掌上的重量都会让我的脚踝哭出来,所以我试着用脚跟踏在横档上,这就意味着我的小腿会不断受到撞击。我考虑了一下关掉引力发生器,但一看到那些无所不在的垃圾,我就仿佛看到了它们在四处飘浮和蹦跳。还是不了,谢谢。

说实话,我这个一片狼藉的信标也许会把走进来的人吓上一跳。除了到处都是破烂,通向机械部分的入口格栅也被打开了,在我的临时工程中被拽出来的电线还都横七竖八地挂着。我的太空服被丢在对接舱里。救生艇的门大开着。有一段时间,我一直穿着太空服,就在救生艇上睡觉。直到不停轰击信标的货船残骸消散得差不多之后,我才脱下了太空服。但那以后我却又开始失眠了。

我在气闸舱旁等待驾驶员把船锁住。我闻了闻空气,有一种不好的感觉,尽管空气净化器和航空航天局的松树清新气味系统都在发挥着强大的作用,但整个信标里还是散发着大学宿舍的气味——那种盛夏季节,室友们刚刚用臭鸡蛋打过仗,脏衣服堆里还藏着两只臭鼬尸体的大学宿舍。我向手心呵了一口气,闻了一下。我的嗅觉应该是几个月以前就死了。这对我是好事,对我的访客是坏事。

船体撞击的一声巨响让我知道船已经到了，并且驾驶员搬弄操纵杆的得分是3分（满分是10分）。如果他以赏金为生，这可能意味着他更喜欢去对付那些陆地上的猎物，更热衷于侦探和电击枪之类的勾当。我打开我这边的气闸锁，他也打开了他那边的，我的猜测得到了证实——出现在我面前的赏金猎人简直就像是从全息写实片里直接走出来的一样，就是那种如果你干了什么坏事，就会有人让你自食恶果，把你从遥远的月球藏身处揪回到监狱里的电影。

他留着满头的脏辫，胡子很长，也用细绳扎起来，一簇簇地支棱着。他用牙齿叼着一支没有点燃的雪茄，眼睛上围着一圈反光镜。在他脖子上缠着一条大手帕，二头肌上也缠着一条，膝盖上绑着另外一条。他的飞行服上布满了鼓鼓囊囊的口袋，即使完全静止不动，他也会发出各种"叮叮当当"的声音。我怀疑他一定要把他船上的重力保持在0.7，这样才能忍受所有这些刺耳的噪音。他全身到处都绑着枪，胸前挂着一个真正的大黄铜子弹壳和手榴弹的腰带，就像一些战场选美竞赛的腰带。从他的飞船深处，隐约传来了好像是狗叫的声音。

"米奇，"赏金猎人一边说，一边带着"叮叮咚咚"的声音伸出手，"米奇·奥谢。"因为我的右手还挂在吊带里，于是我只好翻转着伸出左手，我们用拇指握住对方的小指，就这样尴尬地握了握。他开始上下打量我。"你出什么事了？"

我意识到自己还只穿着四角短裤，赤脚站着，全身都是淤青和胶带。不过我对自己的样子依然不是很在乎。

"重力发生器发疯了,"我说,"振荡了好一阵,完全不受控制。"

赏金猎人把反光眼镜拽下来一点,眯起眼睛看着我,就好像他有某种探测真相的超能力,现在正用这种能力在我的脑子上钻孔。我抬头看了看天花板,他也和我一起向上瞥了一眼。我又低头看了看地板,他也照做了。我们再次抬起头,又低下头。

"是的,"我说,"差不多就是这样。"

"没出什么大乱子吧?"

我指了一下吊带里的胳膊,"你有没有听说过,把脱臼的胳膊复位要比脱臼的时候更疼?"

他点点头。

"那根本就是胡话。把它送回去的感觉真好。就像掰响手指节的时候一样。你真应该试试。"

"我会记住你的话。"他看看我的胳膊,又看看我的着装,然后把眼镜推回到眼睛前面。当他从飞行服后面的袋子里取出平板电脑时,我知道闲聊到此结束,该说正事了。他把平板递给我,屏幕上正显示着授权书。我看到一个头发剪得很短、面带怒容的女人。这张照片很模糊,旁边还有一串串小字写明了政府想对她做什么以及会为她付多少钱,但我只注意到了照片。不等我准备放手,平板电脑就被他拽了回去。

"见过她吗?"奥谢问。

"没有。"我回答。

"你确定?"他又问。

"完全确定。"

奥谢又拽下眼镜，眯起眼睛看着我。我睁大眼睛，用力掀起眼睫毛，让他能真正地盯住我的瞳孔。他的飞船上有一只动物在鸣咽。如果这家伙真的能看到我的想法，他可能也会像他的宠物一样哭起来。

他又把眼镜戴回去。我忍住了想要大声嘲笑这家伙的冲动。我意识到，他所有的装备可能都是从尾货商店里淘的。他其实还是个新手。不过这一点我没办法确认。在军队里，新兵们会用很多时间在战壕的火堆上熏黑他们的装备，给头盔上涂上泥巴，好让自己显得不那么水嫩。而那些老兵为了活下去，则会花同样多的时间来维护他们的那堆垃圾。我闻着空气，寻找枪油或WD-60①的味道来判断米奇·奥谢是哪种人。不幸的是，由于我居住的环境，我的嗅觉功能已经很成问题了。

"好吧，我需要过去几周所有的船舶扫描结果，"奥谢说，"加上所有的无线电记录。"

"这里没有什么可以躲藏的地方。"我说。

米奇盯着我。至少，我猜他是在眼镜后面盯着我。

"我有充分的理由怀疑这个逃犯经过了这里。"他说道，"我自己也需要做一些扫描，四处看看，我要警告你，这个人非常危险——"

我说了一声："叮咚。"打断了奥谢的话。

---

①译注：一种万能防锈油。

嗯，其实打断他的是我在两周前的录音。系统表明有另一艘船到了。我向上看看梯子，害怕自己要爬上三层楼。从这里到指挥舱有五十六级横档。是的，我早就把它们数过了。

"有人在说'叮咚'吗？"奥谢问。他用没点燃的雪茄向天花板一指。

我清了清嗓子。信标可不是为多人同居而设计的。航空航天局的检修人员刚离开，难道现在又要有这么多家伙来看我只穿着内裤，闻我的脏衣服，把忙得像狗一样的我当作消遣节目来欣赏？

"你介意我从你的座舱盖向外看一眼吗？"我问。"我只想看看那是谁。现在我带着根坏了的翅膀，想要爬上去实在是太难了。"我指了指拴住手臂的吊带。

米奇犹豫了一下，带着"叮当"声让到一旁。"不要碰任何东西，"他说，"驾驶舱在这边。"

没错，就在飞船头部，我几乎要用讽刺的口气这样说。从这个赏金猎人刚才撞上对接环的情形来看，我敢肯定就连我的飞行时间都要比他长。但我什么都没说，只是跟着他走向驾驶舱。我们穿过一串围栏，看上去就像是那种专门管等着被宰杀的牲畜待的地方。灰色的栅栏从地面一直戳到天花板。其中一个围栏里有只动物，正在喝马桶里的水。

"蟋蟀，别这样，不，坏女孩。"

那只动物抬起头，转过来看着她的主人，水从她的下巴上滴下来。看上去，她像是狗和豹子的混合体，不过也可能根本没有半点那两种动物的血缘。肯定是外星生物。她又开始喝水了。

"是惯犯吗?"我用下巴指了指那间牢房。

奥谢笑了,"蟋蟀?不,我暂时把她关起来,只是为了防止她伤害你。"

我又回头看了一眼那只动物。她的体形和我们偶尔会在田纳西边远地区看到的美洲狮一样大,有可能会致命,不过我对此保持怀疑。她看起来很懦弱,只会喝马桶里的水,或者面无表情地看着我们。

我又跟着奥谢穿过一道狭窄的走廊。有一扇开着的门,门后是一间船员宿舍,里面的床显然没有整理过。再往前有一些带铁栅栏的储物格,里面有枪,栅栏门上有大挂锁。我们挤过这些东西,进入紧凑的座舱,奥谢拉起他的系统扫描仪。我透过舷窗向外望去,看到另一艘黑色飞船正在靠近信标。

"该死。"奥谢说。

"你找到它的ID了吗?"我问道。这艘船看起来有点像军用船。我不喜欢看起来像是军用设备的东西,更讨厌那些看起来真的很军事化的东西。我在这件事上就好像是有一支计量表——其中有直接关联的两个变量分别是厌恶和外观。

"不需要ID。"奥谢说道。厌恶从他的声音里流露出来。他伸手越过我去拿高频麦克风,按下通讯按钮,瞪着环绕在座舱盖下面的等离子屏幕。"你知道在赏金猎人船上安装船体追踪器是违反联邦法律的,对吧,混蛋?"

听筒里传来带着"哔哔"声的回答:"你以为我需要一个船体

追踪器才能找到你吗,你这个肮脏的、被强奸的小猪猡?"

我开始怀疑这两个家伙彼此是认识的。同时我看到这艘新船朝我们驶来,喷出了如同极小的火山喷发一样的尾气。

"他不会向我们开枪吧?他会吗?"我问。

"不会,弗拉德就是一坨鸡屎。"

我注意到奥谢在说话时又按住麦克风,说出最后那个词的时候还刻意提高了音量。

"他说'被强奸的猪猡'是什么意思?"我又问。

奥谢耸耸肩,"他的脑子没有多亮光。离他远一点。"

我上下打量着米奇·奥谢,思索这个家伙给别人贴上"脑子不亮光"的标签意味着什么。这话让我想起了一点光都没有的黑洞。

高频通讯又响了。我调节了一下麦克风的杂音,因为米奇好像不太在乎这个,或者就是他不知道该怎么做。"信标23号,我是弗拉基米尔·博斯托科夫,正在执行联邦警长任务。要求对接程序。我有授权书。结束。"

"该死的,"米奇说道。他的口气就像是一个背了一屁股债务的人,眼看着一大堆信用币已经近在眼前,却又看到另一个人也在盯着这堆钱。

"我必须让他过来。"我挥手示意米奇把麦克风给我。

"你可以申请第12b条款,与因公受伤有关的、情有可原的情况。"他向我的吊带点点头,还有盖住伤口和擦伤的绷带,再加上那一大堆紫色的瘀痕。

"现在听我说,"我拿过麦克风,开始和那个弗拉德通话,"我是信标23号的操作员。请使用布拉沃对接环进行对接。我正处于隔离中,所以请留在船上。结束。"

"收到。"弗拉德说道。

在我身边,米奇·奥谢发出一阵烦躁的"叮当"声。

# 第十三章

"听着,我希望你们两个人谁都不要出现在我的信标上。"等在布拉沃气闸舱外面的时候,我对奥谢说,"但既然你们都通过了扫描,所以你们也就都能对接过来。然后你们就给我滚。"

"我告诉你,那个家伙就是个混蛋。"奥谢警告我。

气闸上方的灯变成绿色,表明第二艘赏金猎人的飞船有良好的磁性密封,另一边的大气是干净的。我甚至都没听到船体接触的声音。他的着陆真是太柔和了。我看了一眼奥谢,但他正在气头上,没有注意我。弗拉德也许是个混蛋——我想说——但他是个很棒的飞行员。

我打开气闸。却没想到一幅令人眼花缭乱的景象正在等着我——门的另一边站着一个穿燕尾服的男人。

"弗拉基米尔·莫罗·博斯托科夫。"那人一边说话,一边向我伸出手。

我用左手翻过来握住他的手。不等我做自我介绍,弗拉德就恶狠狠地瞪了他的同事一眼。"米切尔。"他带着浓重的口音说道。

奥谢什么都没说。

弗拉德把手伸进夹克口袋，拿出一张打印好的纸，打开它，上面的内容和奥谢给我看的电脑屏幕里的内容完全一样。

"你的胳膊怎么了？"弗拉德这样问的时候显然很是漫不经心。

"重力面板出了点问题。"我回答。他上下打量着我的四角裤，还有身上的绷带，似乎在等我再说些什么。"紊乱波动，"我告诉他，"是极性问题。结果来回振荡了一两次。"

弗拉德耸耸肩。我指着他那张打印传单说："没有，我从没见过她。"

"给你了。"弗拉德把传单递给我，"你留着吧。"

我收下传单，把它折起来，插在我的四角裤腰带上。我的动作似乎显得有些太着急了。

"叮咚。"我听到自己的声音在警报系统中响起。

"又是谁来了？"我问。

两名赏金猎人互相瞪了一眼。

我没有再理会船只靠近的报警声，转身指着弗拉德的船问："介意吗？"他耸耸肩，我走过他身边，进入了他的星际巡逻艇，开始进行例行检查。这里看起来更像是豪华酒店，目光所及之处全都是干干净净的大石板，很有第二前摩登时代兼后摩登时代风格。墙壁上挂着一些黑白照片，大多数都是外星人的形象，有正面像，也有侧面像，看起来就像疑犯照片，不过制作得很有艺术性。位于角落的酒吧里，各种形状的瓶子闪闪发光，其中大多数都盛着半满的琥珀色液体。

弗拉德向我招招手,领着我们走过几扇透明的门,透过这些门可以看到一些豪华的小房间。在其中一个房间里,一个年轻人从铺位上抬起头来。他的两只手固定在一双铁拳套里。我这才意识到这些房间都是牢房。但就连我都恨不得能住在里面。它们看上去可真棒。

我听到奥谢"叮叮当当"的声音跟在我们后面。他还不停地嘟囔着什么,可能是嫉妒这里的生活。弗拉德警告他什么都不要碰。

我低下头,走进一间精心布置的驾驶舱。你在这里可以闻到皮革的味道。这地方实在是太好了,就连我本来失去嗅觉的鼻孔都抽动起来了。奥谢和弗拉德挤到我旁边,我们三个人一起透过驾驶舱的顶盖向外张望。

"我不喜欢这样。"奥谢说。

"我也不喜欢。"弗拉德说。

远处又缥缈地传来我的声音:"叮咚。"

"听着,这一周我的脾气格外不好,"我告诉两个赏金猎人,"昨天我刚清理过一堆垃圾。"

我花了好一会儿工夫才找到那个新来的家伙,那还是两个赏金猎人先看到的。第三艘船是哑光黑色的。只能通过背景中的恒星才能识别出来,当它在群星间移动时,就仿佛不断有星星被它吃掉又排泄出来。一点暗淡的红色和绿色光亮出现在它的两侧翼尖上,很可能不够合法的照明水平。一道白光从船头射出,指向我的信标,随后这道白光又开始了或长或短的脉冲振动。

我找到弗拉德控制台上的高频通讯器,没问他就拿起麦克风。从法律上讲,只要这些船停靠在我的信标上,它们就在我的指挥之下。无论有没有通过扫描。

"你用不着和她通话。"奥谢眯起眼睛看着那艘船。

我没有理他,只是摁开了麦克风。"在信标23号入港船只,表明你的意图。"

"没用的,"弗拉德说,"她不会说话的。"

"那是谁?"我问两个赏金猎人,他们似乎都很了解这艘船。"你们的另一个朋友?"

"我和她打过一两次交道,"奥谢说,我注意到他的声音里没有恼怒,甚至可能还带着尊重,"我不知道她的名字,和她相比,就算是再安静的人也像是变成了大气层里的喷射引擎。"

"不管怎样,她肯定是听到我说话了,"我一边说,一边细看白光的振动频率。我的摩斯电码已经很生疏了,不过黑色的宇宙背景让我能够看得很清楚。我看得懂她的警务用语。

"嗯,看样子,她想要停泊。既然我只有三个对接环,而且我的救生艇是不能动的,所以你们两个该离开了。我会把所有的扫描结果和记录发送给你们,还有其他所有出现在这里的人。"

弗拉德耸耸肩,似乎没有意见。奥谢冲我做了个鬼脸。当我们穿过飞船时,奥谢把我拉到一边,塞给我几张联邦政府的钞票。"先把记录给我,等30分钟以后再给他们,"他小声说。

我转过头去打量他。他又说道:"毕竟我是第一个到的。而且我帮你省下了爬到指挥舱去的力气。"

我接过钞票。奥谢微微一笑。牢房里的那个男孩透过他的黑色长刘海儿看着我们。我瞪了他一眼,他立刻把视线转向地面。我们跟着弗拉德回到信标,在那里,两名赏金猎人又紧皱眉头对视了一眼,就消失在各自的船中。我用门边的键盘把两个气闸舱都关上了。

---

两个赏金猎人脱离信标以后,我透过舷窗,看到第三艘黑色的船体进入视野。它的座舱顶盖和所有的舷窗也都涂成了黑色,所以我看不到里面的情形。黑色飞船很快就充满了我的舷窗,对接时的碰撞可以得个9分。看来这也是个很有实力的驾驶员。我等待绿灯亮起,打开气闸,发现一名忍者站在我的面前。

如果现在说我从小就是《底特律城市忍者》的超级粉丝可能是有点离题。不过我一直都想成为一名城市忍者。我七岁还是八岁那年的万圣节,我爸妈还给我买了全套的忍者服。那天我一直穿着那套衣服,虽然我的脚几乎挤不进那双分趾鞋,裤子也只到小腿。我家附近的所有东西上都布满了飞镖和吹镖留下的洞。我不去上大学而去参军可能就是因为那部该死的电视剧给了我过度的鼓励。我还想说,我喜欢装作《洛杉矶城市忍者》根本就不存在。《芝加哥城市忍者》没那么糟糕。不过我真的是离题了。

"让我猜猜,"我对那名忍者说,"你想要寻找一名逃犯?"

这个赏金猎人从头到脚一身黑,戴着黑色的兜帽和护目镜。她向我点点头。我看到她的黑衣服差不多都是官方海军制服的混搭,大部分我都认识,甚至能看出其中一些的服役年份,以及相应的具体部队职能。这家伙一定是遇到了库存积压品的大减价。

"我没见过她。"我又说。

赏金猎人拿出一个小平板电脑,输入一些东西,我觉得她是要给我看某些文本,或者是让平板电脑对我说话。我有一种感觉,这个人不是不愿意说话,而是不能说话。

"你想要扫描记录。"我说。

她点点头,用掌侧抹了一下屏幕。又开始写另一些东西。

"还有通讯记录。"

又是一下点头。她的面颊被兜帽包住了。不过看她脸上影子的变化,我觉得她是在微笑。

"没问题。"我说,"航空航天局要求我进行隔离,所以你必须留在你的飞船上。我会把数据传送给你。你还需要别的吗?"

不知为什么,我总是有一种冲动,想要去帮助那些要求最少的人,而不是那些用最大声音提出要求的人。但她摇了摇头。

"好吧。如果你把车开走,我就上去给你和你的两个伙伴拿你们需要的东西。"我嘴里这么说,不过我有点不想让她走。但我也确实为自己和灯塔的样子感到尴尬。我的生活永远都悲惨得不是时候。

赏金猎人没有返回飞船,而是犹豫了一下,好像还有别的什么事。

我冒失地猜测说:"你想要领先他们一步拿到资料,对不对?"

她点点头。

我想起了那些坐在电视机前的上午。我看着浪人勇士们爬上玻璃大厦,击退邪恶的道林公司派出的成群的幕府将军。我对身穿全黑衣服的女士情有独钟。也许这才是我加入海军的真正原因。

"你会如愿以偿的,"我说着,一只手垂到腰间,奥谢的钞票正在一张折叠起来的赏金传单旁边向外窥视,"祝你狩猎顺利。"

我说最后这句话不是想要赶她走。实际上,当那位赏金猎人消失时,我感到相当矛盾。我慢慢地爬上了第一道梯子。感觉就像重力面板又出了故障,把我弄得乱七八糟。有时候你希望好人能抓到他们的罪犯。有时候你又分不清谁是好人。

爬上第二道梯子,进入我的生活舱,我再次关闭了警报。然后我爬上最后一道梯子,进入指挥舱,我又想起了坏事成三的规律。三个赏金猎人,可以说是接踵而至。我能不能把它们算作三件单独的坏事,然后认为我的情况有所改善?我决定这样认为。

一个声音打断了我的思绪。

"那些混蛋走了?"有人问我。

我爬上梯子,转过头,看见一个女人正坐在我的指令椅上。她紧皱眉头,手里还拿着一把爆能枪。

她就是我在赏金传单上看到的那个女孩。

我完全没想过还能再见到她。

# 第十四章

"上帝啊,斯嘉丽,该死的你怎么会在这里?"

"他们走了吗?"

"是的,他们走了。他们去找你了。你在这里干什么?"

我向她迈出一步,她握枪的手立刻攥紧了。她上下打量我,对我这一身打扮露出冷笑。我满身的伤口似乎并没有让她感到奇怪。她见过比这更糟的我,而且穿的衣服也更少。

"我在这里干什么?"她问道,"别傻了。我是来找你的。"

"为什么?你是怎么过来的?你知道你还带来了一帮坏蛋,对吧?"我朝舷窗外点点头。斯嘉丽耸耸肩,依然没有把目光从我身上移开。

"我需要有人载我一程。"她说。

这时我才想到她是怎么来的。她一定是藏在他们的一艘船里,然后又让他们相信她在这里。我猜她的藏身之处一定是前两艘船中的某一艘,我们还在弗拉德的驾驶舱时她就出来了。我打赌,是奥谢带她来的。弗拉德的船太整洁了,不适合躲藏。

"枪不错,"我用还能动的那只手指了指,"我还以为我们是朋友。"

我应该多说一句,我真的不喜欢看到有人被枪指着头,除非拿枪的那个人是我。

"所以你开始为航空航天局工作了,"斯嘉丽这句话仿佛就能回答我的问题,"为什么?"

我叹了口气。斯嘉丽从来都受不了任何政府机构。无论它们是做什么的,都不值得信任。

"我需要工作。"我说。

"告诉我,为什么你要为航空航天局工作。"斯嘉丽坚持问道。

"钱,"我说,"养老金、工作、钞票。"

她扬起爆能枪,也提高了声音,"为什么你要为航空航天局工作?"

我挠了挠胳膊上的一条绷带。他们说发痒是伤口愈合的标志。该死的愈合时间太长了。

"我需要一个人生活。"我悄声说。

爆能枪挥了挥。我试着去回忆上一次见到斯嘉丽的时候。大概是在格特恩的战壕里。或者它的一个卫星。很多战壕看起来都一样。

爆能枪压低了一点。她相信了我。她应该相信我。我说的是实话。我对她一直都说的是实话。

"现在,请告诉我,你来这里要干什么。"我问道,"你是怎么找到我的?"

斯嘉丽将枪口指向一个舷窗。我转过头,看见无数闪闪发光的碎片,就像亿万颗新星。那个规律是有道理的。有时候坏事真的会成群发生,因为一件事会引来另外一件事。我想到那块岩石,如果没有货船残骸,我就不会找到它。我又想到自己现在的样子,如果不是那次事故,斯嘉丽就不会发现我的。

"当发生这样的事故时,航空航天局必须向海军提交报告,"她说,"我们找了你很长时间。你的名字才终于出现了。"

"是的,嗯,我一直在努力不被找到。"我转向她,"你能把枪收起来吗?好吗?我不是什么政府的狗腿子。"

"如果你是在为了他们的养老金工作,你就是他们的狗腿子。"

她这样说着,但那支枪还是回到了枪套里。透过她身后的舷窗,我看到一艘船闪烁的灯光。"该死,"我说道,"我必须发送一些东西。"

爆能枪立刻回到斯嘉丽的手中。不过我没理她。她不会冲我开枪的。我开始和那三艘船进行无线握手,然后向黑船发送了扫描日志和通讯记录,我给奥谢安排了5分钟的延迟,又给弗拉德安排了20分钟的延迟。然后我私信给弗拉德,警告他带宽有问题。斯嘉丽一直在旁边看着我。因为只有一只手能用,我完成这些事用了比平时更长的时间。直到这时候,她才开始关心我的身体状况。

"还在伤害自己?嗯?"

"哈,"我说,"是重力面板的问题。"

她哼了一声，好像不相信我的话。我从腰带里掏出赏金传单，递给她。"五千万信用币。"我把传单抖了抖。

斯嘉丽笑着挥挥手，"我也有一份。我的价值可远不止这些。你的价值更是远不止这些。"

"我不想参与这种事。"

"你以为你可以选择吗？"斯嘉丽笑着说。现在我真的不记得以前是喜欢她还是讨厌她了。那时我刚刚第一次跑到地面战场上去。我已经封闭了许多关于那个时候的记忆。

她又笑着摇了摇头，"你不参与。去和你的父母说这句话吧。那天他们在肯塔基州的车后座上亲热的时候肯定就把你关到这里了。就是这里。"她把枪口对准地板，仿佛说的就是这个信标。

我看到外面的一艘飞船向小行星带驶去。

"田纳西州。"我纠正了她。

"随便吧。"

"是的，听着，我觉得我有自己的选择。我来到这里，远离那场战争……"

"最新消息，"斯嘉丽打断了我，"战争已经来找你了，小家伙。你就要处在最前线了。"

"这里不是前线。"我说道。她知道这里不是前线。我不在乎我的梦是怎样对我说的。那些震动意味着什么，我一个人的时候又看见和听见了什么。战争不在这里。不可能在这里。我的信标里只有一场完全不同的战争，只发生在我和我的恶魔之间。

"银河系的每一平方英寸都是前线,"斯嘉丽说,"这只是个时间问题。但事情并不是非要如此——"

并不是。我觉得我想起来了,我应该不是喜欢斯嘉丽。是那双眯起来的眼睛,以为看到了不存在的东西。那双充满了阴谋论的眼睛。但她站了起来,像猫一样穿过舱室,站到我的面前。以至于我能闻到她有多干净,闻到她在这片潮湿和黑暗中是多么清新的一小团。我想吻她。我想抓住美丽的东西,抱着它哭泣,用爱把它闷死,这样它也许就永远不会离开我。就在这时,我想起我一点都不喜欢斯嘉丽·莫韩利。我也不恨她。我想我爱她。

"你为什么要来这里?"我觉得自己一定是用尽全力吼出了这句话,但那声音却像是一丝耳语,就如同我噩梦中的声音。

"我想要你结束这场战争。"斯嘉丽说。

她的眼睛在这一刻睁大了。

我能看到它们的深处。

我能看到,她绝对是认真的。

## 第十五章

我想起了那些以为自己能够结束战争的孩子。该死,我想起自己也是那些孩子中的一员。他们都是我的邻居。我们拿着塑料枪四处乱跑,把雷荷士兵的脑袋炸飞,假装我们打出了这场战争的最后一枪,给一切带来一个英雄般的结局。我们年轻的时候,每一场想象中的战斗都会以英雄主义告终。最终的结局永远轰轰烈烈。当你变老,你会发现生活只会在皱纹和呜咽中结束。

现在,我看着斯嘉丽,就像她看着我。她那些关于结束战争的可笑的话还回荡在空气中。我不仅记起了我曾经爱过她,甚至几乎记起了那是一种怎样的感觉。我几乎又感觉到了。爱来得就像战壕里的弹片一样快。不加选择地抓住最接近的人。你的时刻到了,就是到了。他们总会派人睡到你旁边的铺位上,就像手榴弹落在了你的大腿上。

我依稀记得在战争夺走我的希望以前,我有怎样的感觉;我也依稀记得在战争对她做出那些可怕的事情之前,她是什么样子。

"我没有地方容纳你的梦想,"我告诉她,"你不应该来这里。我不知道怎么能让你脱罪,但我会帮你。这是死罪,但我会帮你的。也许下一个交易商——"

"我不会丢下你一个人离开,"她说,"会有一个朋友来找我。来找我们两个。是你认识的人……"

我挥手示意她不要说话,又退后一步,就好像她真的是一颗会爆炸的炸弹。"斯嘉丽,我不能离开这儿。"然后我说了实话——这件事我知道已经有一段时间了,但我没有告诉过航空航天局的任何人,甚至没有对自己承认过,更没有说出过口,"我永远不会离开这里了,"我说,"我在这里要工作两年,但是两年后我会再次报名。这里就像军队一样,只不过我能撑得久一点。这儿才是我的归属。"

她不停地打量我,双眉紧皱,眼睛闪闪发光。"这不是你。"她说道。

"这就是我。"我对她说。我差一点就把我的秘密告诉了她。我那个黑暗的秘密。过去,她一直都能从我嘴里掏出实话,只不过每次我们都免不了要大吵一架。我急忙改变了话题。任何种类的疯狂都好过我现在这种。"那么,你怎么觉得你们能结束这场战争?"

斯嘉丽调整了一下挂在肩头的小包,从里面拿出一本旧书,举到我面前,让我能看清它的封面。

"读过这个吗?"她问我。

是《萨拉曼之战》,T.W.鲁道夫的《前线传奇》的一部。我当然读过。它是战壕手纸,也就是普通士兵的必读材料。我们像传播性病一样传阅这些小说。我读过那一整个系列,直到书页变成烂泥,书籍都碎了。

"当然,"我露出一个微笑,"我们要像第十二卷里的查理·赛克斯下士那样用星球杀手摧毁主巢都吗?"我这样说的时候,语气轻快又热情,活像一个十二岁的孩子躲在威尔克森太太的牵牛花丛后面,正在制订下一步入侵邻居家的计划。

"你对鲁道夫有多少了解?"斯嘉丽问我。她显然不觉得我的话有多有趣。

我耸了耸还能动的那一侧肩膀,"我也许扫过一两本书的背页。"甚至在她把那本破烂的平装书翻过来之前,我就已经看到了鲁道夫那光秃秃的脑袋,他永远都穿着笔挺崭新的军装,还有那张怒气冲冲的脸,仿佛在吼叫着:"我在军队服过役,真正见过那些混账事,所以赶快买我的书!"

"根本没有这个人,"斯嘉丽说,"他就像他的故事一样,是虚构的。"

我就像在课堂里一样举起手,"所以我们要揭露这个阴谋,这样战争就结束了!"

"藏在T.W.鲁道夫背后的是一个名叫波特·门修斯的前海军情报官员。波特是猎户座进攻战时期军队的头号翻译。"

"我还是不明白……"

"我要告诉你的是,这些都是经过篡改的雷荷人的小说。"

我的大脑用了几分钟的时间来消化这件事。斯嘉丽耐心地等待着。

"胡说,"我终于意识到她在暗示什么,"你是说,有人翻译了雷荷人的小说,而这就是我们一直在读的东西?但我们在那些书中把雷荷人打得落花流水。我是说,每个故事的最后都是这样。本来看起来已经毫无希望了,但我们最后还是会赢。"

斯嘉丽抬手比画了一个战斗机狗斗时的动作,让一只手去追杀那本书,同时说道:"他们把一切都反过来了。我们成为雷荷人。雷荷人成为我们。"她手里的书一下子转过来,开始追她的手,"当然,他们还改了一些细节。事情是这样的,波特爱上了他翻译过来的雷荷小说,甚至还有一点爱上了雷荷人,他觉得自己可以赚一笔。雷荷人又能拿他怎么样?告他吗?毕竟他们已经要把我们都杀了。他只需要改改名字,改改阵营,一切就都搞定了。"

我回想起一些鲁道夫的书,其中许多书我读了足有五六遍。有些东西仿佛正在我的脑子里被拼到一起,但这时斯嘉丽推了我一下。

"还不明白?我们才是这些书里残暴的外星人。"

她又给了我一点时间,让我想清楚。不过各种念头还是不断在我的脑子里乱窜。

"当有人告诉我这些书的作者是谁,还有它们的出处,我去查了其他一些我们接触过的外星种族:霍克、泰恩迪、摩羯。你猜怎样?他们都有悠久丰富的关于外星人入侵的流行文化。每一个都是。而这些文化的起点全都是每个种族第一次把一些东西送上行星轨道的时候。"

"好吧,"至少我能明白她的意思,"这样就说得通了。我们全都被太空吓坏了。宇宙真是个可怕的地方。"

"比这个更糟。你还不明白吗?我们知道自己会变成什么样子,所以我们害怕自己会变成的那种人。我们一离开母星,立刻就开始担心会有别的家伙向我们杀过来。对于雷荷人而言,我们就是那些要杀光他们的家伙。而我们也同样在这样看待他们。"

"但他们的确在这么干。看看德尔斐发生的事情。"

"他们也会说,看看大角星发生的事情。我们会说德尔斐的灾难在先。他们会说大角星的结局更可怕。恐惧在同时推动我们双方。你知道这是为什么?"

我点点头,"当然,因为恐惧是我们防范风险的方式。如果你错了,你只不过会干掉一些朋友。哦,但如果你是对的,你就拯救了自己和全人类。"

"不,原因还不在于此。这是因为恐惧可以卖钱。因为战争是一种运动,也是一门非常好的生意。在我们找到可以与之作战的外族之前,我们一直在自相残杀。"

"好吧,就这样,"我打了个响指,"没有什么能阻止战争。为什么要费这种力气?看看我——"我对着信标一挥手,"我是英雄,因为我退出了。"

"完全正确,"斯嘉丽说,"问题是,你没有把我们其他人一起带走。"

我不知道斯嘉丽这话是什么意思,但这些疯狂的交谈让我感到口渴。或者可能只是我想用空着的手做点什么。我走到休息室的小水槽旁,给斯嘉丽倒了杯水,然后从龙头里喝了一口。我又递给她一只食物包。我没什么胃口,但还是给自己也拿了一包,用牙齿撕开包装,挤了一些蛋白质糊到嘴里。这种食物包加热以后味道会更好,但军队教会了我不要在意这些细节。

"告诉我,你还记得那天发生的事吗?"斯嘉丽又说道。我注意到她正盯着从我吊着的胳膊下面露出来的那一团乱糟糟的伤疤。我已经好几年没见过她,也没跟她说过话。她根本不应该知道那天的事。然后我想起来,她黑进海军文件来追踪我。所以他们知道的那些狗屁故事,她也知道。

"太麻烦了,不太想说。"我嘴里嚼着糨糊,挣扎着想要咽下去。

"我想听听。不是报告里写的那些。告诉我到底发生了什么。"

我转过身,把浆糊吃光,把空包扔进了回收箱。透过舷窗,我可以看到一艘赏金猎人的飞船正穿过小行星带。那是第二艘船。没有忍者的踪迹,这让我笑了一下。

"我们进入了雅塔的巢都。我们排被钉住了。整个埃柯连队都被困在那里。我们班的每个人都死了。于是只能由我来负责。我要引爆核弹,消灭整个巢都……"

我停在这里。我从没有将后面的事情告诉任何人。为什么我要对她这样做？

"出了什么事？"她问我。

我盯着舷窗外面。

斯嘉丽又向我迈出一步。我能听到她小心翼翼地躲开散落一地的零碎。她一直很擅长这种事，在瓦砾堆里找东西。当她的手落在我完好的肩膀上时，我退缩了，我觉得就像有一把刀从我的肋骨间滑过。

"我知道发生了什么，"她低声说，"我是只想让你承认。"

我低头看着地板。我的眼睛在流泪。我眨了眨眼，把泪水压回去。

"不是我干的，"我说道，"我的手指的确在按钮上，但不是我干的。我下不了手。"

"你没有引爆核弹，"她说，"后来你知道的第一件事，是一个雷荷领主站在你面前。"

我点点头。如果我现在开口，我的声音一定会沙哑得刺耳。我感到我的手在颤抖。斯嘉丽的手还放在我的肩膀上，让我感到灼烫。

"他给你开了膛，"她说。她的手滑过我带着瘀伤的肋骨，摸到我的肚子，我的伤疤。很久没人碰过我了。我已经忘记了那是怎样的感觉。我又点点头。

"然后你杀了他。他的整支军队都逃散了。你拯救了那一天的战斗。"

"是的。"我悄声说着,让谎言流出我的齿缝,假装那一切都是真的。

"但你其实没有杀他,对不对?"

我摇摇头。泪水从我的面颊上滚落。

"你没有做那种事。"

我在点头。我能感觉到她的胸部贴在我的脊背上。

"你为什么没有引爆核弹?"她问我。

我什么都没有说,只是感觉着她的手。我把我的手放在她的手背上,握住了那只手。

"因为那样,你们连的人都会死?"她问。

"不,"我悄声说。

"那是为什么?"

我开不了口。

"告诉我,说吧,士兵,说出来。我知道,它就在那里——事实就在你的嘴边。"

我不想说。

"告诉我,你为什么没有那样做。"她命令道。

我的意志崩溃了。也许是因为她的抚摸。于是我对她说了实话。

"因为那个巢,"我的声音几乎无法让任何人听到,"我不能那样做,因为那个巢。"

# 第十六章

无线电传出一阵尖叫。我不知道我们在这里站了多久,我承认了事实,感觉自己站在一团雾里,她的胳膊搂着我,手按着我的皮肤,我的手压着她的手。我觉得我们会永远这样下去。但那还不够长久。

"被强奸的猪崽子,你看了吗?"

"你这个混蛋,弗拉基米尔。"

我转头看向斯嘉丽。她正在高频电波声中从我身边退开。

"是两个赏金猎人。"我说。

"该死的。"她说道。

"你的包里现在有几只猫?"弗拉德问。

"说人话。"奥谢在频道里回嘴。

"我是说犯人。你船里有几个?我可不相信你居然能拿两份赏金,但我在检查船只扫描时,发现你的船上有三个人,我知道你没有朋友,也没有女朋友。你怎么这么幸运,脆肉小子?"

"这个说话的是弗拉基米尔。"我说,"我猜他是东欧人。"

"我知道他是谁。"斯嘉丽说。

"我不知道你在说什么,混蛋。什么赏金?这艘船上只有我和我的沃森——蟋蟀。"

通讯出现一阵停顿。我立刻想到了弗拉德在想的事情。奥谢来的时候船上有三个生物信号,现在只有两个了。当然,我已经知道答案了。我就站在这个答案旁边。

"该死,"斯嘉丽说,"你把所有扫描结果都发给他们了?"

"我必须这么做,"我说。

"是啊,但是他们也需要自己飞船的扫描结果?"

我耸耸肩。我几乎能听到挂在脖子上的石头对我说:笨蛋。

"我正在看扫描结果,"奥谢对弗拉德说,"这完全没道理。"

"当然有道理,你是一头受骚扰的母猪的后代。你把她带到这儿来了。"

"混蛋,"斯嘉丽把手伸进了背包。

"好吧,我们可以给他们看本书。"我说道。我已经在想象我们俩一起进了监狱。除非斯嘉丽说她一直在拿枪指着我。她会为我这么做的。没必要让我们两个都进监狱。

斯嘉丽从包里拿出一样东西。"我真的不想这么做,但结束这场战争甚至比以往牺牲的那么多生命更有价值。"

我看清了她手里拿的东西。是一只遥控引爆器。她已经把小安全盖翻起来,露出了下面的银色开关。

"你要做什么?"我问。

她走向舷窗,凝视着小行星带。她的身体已经绷紧,肩膀耸起,挤压着脖颈。我向她走去,伸出我还能动的那一只手。

"很抱歉。"她说道。

我听到一记轻微的"咔哒"声。在一片残骸碎片中,一团橙色的云朵绽放开,就像高速放映的影片中盛开的花朵。

"你做了什么?"

我想起笼子里的那只动物,想起了她看我的样子,那时水还在不断沿着她的下巴流下去。奇怪的是,我先想到了那只动物,然后才是奥谢。也许是笼子的问题。也许我对孤苦无助的东西天生就有某种亲和力。

"弗拉德不是一个好人,"斯嘉丽说,"他是黑帮的。对正派人做过不少可怕的事。"

"弗拉德?"我问,"我还以为你是藏在奥谢的船里过来的。"

斯嘉丽走过房间,盯住我的一个屏幕。"我是藏在他的船里。但我只有一个炸弹。而且我有点喜欢米奇。我的意思是,他是个混蛋,蠢得像一袋沙子,但他不是坏人。"

"那个孩子呢?"我又问道,我想起了那个透过刘海看着我的男孩,"那个弗拉德的犯人呢?"

斯嘉丽转过身来看着我。我敢说她从没见过那个男孩。很可能她是在我们都去了驾驶舱的时候把炸弹放在了弗拉德的气闸舱天花板上,就在舱门里面。我也会这么做。她什么都没说,也没问我孩子的事,只是一边看着监视器一边吞下了这些信息。

"现在另一艘船在哪儿?"她问道,"米奇马上就要过来了。我们必须为此做好准备。"

"信标23号,我是理智边缘号,我过来了。"

"该死,"我说,"我得去和他通话。"我走到高频无线电前面。斯嘉丽却抢在我之前拿起麦克风,按下通讯按钮,显然是要和奥谢通话。她肯定已经想过,要装出强行占领信标的样子,好帮我脱罪。

"你有两分钟的时间加速逃走。"她说道,"两分钟后,我就炸了你的船。"她眯起眼睛,凝视着舷窗外,"别再靠近了,混蛋。"

我转过身,顺着她的目光望出去,看到赏金猎人的船正朝我们这边驶来。

"胡说,"奥谢说,"要是能炸我的船,你早就这么做了。"

"那我就杀了这个信标操作员。"她朝我扬扬眉毛,给了我一个微笑。

"给我五千万现金,"奥谢说,"我来替你打死他。"

"混账东西。"我说道。斯嘉丽手里拿着麦克风,显然是在思考。"我们只有你的那把爆能枪。"我告诉她,"这里没有任何武器。外面有一人一兽。我的救生艇也没办法进入超维空间。"

"那我们能不能锁住门,把他们挡在外面?"斯嘉丽问。

"他们有授权。我知道如何在紧急情况下将空气闸改为手动,将它们打开,但我没办法把它们强行锁住。如果他们有执法ID,我就不可能把他们挡在外面。除非能给我几个小时,让我仔细查看一下系统,也许还能想点办法。"

"那我们至少要占据先机。"斯嘉丽说,"我们下去等他们。"

我盯住了通讯器。奥谢在说过要杀了我之后就没再说一句话。我想到了他船上的那只动物。他有说过那是一头沃森吗?

他会不会把那东西放出来，让她扑向我们。然后他就点上一支雪茄，等着惨叫停止。我拿出那张悬赏传单，打开来仔细看了看下面的小字。"一千五百万，只要能找到你，"我说，"他甚至不用到这里来，只需要给警察打个电话，然后等着军队过来就行了。你真不该来找我。你在想什么？"

斯嘉丽没有理睬我的最后一句，只是说道："我了解米奇。为了再多三千五百万，他会进来的。我们应该下去看看。"

她朝梯子走去。我想告诉斯嘉丽，奥谢可能要再多花15分钟才能和信标对接。但我能透过舷窗看到，奥谢正在把飞船屁股冲着我们顶过来。而我们和气闸舱之间有56级阶梯。在匆忙追赶斯嘉丽之前，我先给两个空着的对接环断了电。奥谢应该可以用他的司法授权来取消我的指令，不过他可能需要一些时间才会发现自己需要这样做。

我还没抓住梯子，斯嘉丽已经到了第二段梯子上。由于肾上腺素激增，我几乎感觉不到脚踝的扭伤，但手臂还是没法用。我小心翼翼地往下爬，想起有一次我从梯子上滑下去，下巴被梯子卡住，差点咬断了舌头。我从生活舱里抓起一条毯子和一件衬衫，把它们沿着下一段梯子扔下去。然后还要继续往下爬。我能感觉到奥谢在逼近。斯嘉丽正在下面催促我。在下一个舱室中，我从之前的工作现场拿了一卷管道胶带。我上次使用这卷胶带的时候就是在今天吗？那好像是很久以前的事了。身边有个伴儿的时候，时间过得真快。我把毯子、衬衫和胶带扔下最后一道梯子，随后开始了最后一段攀爬。

"这是做什么?"斯嘉丽冲着不断落下去的东西喊道。

"你在他的船上没有看见那只怪物吗?这是为了让我们不被她撕成碎片。"我到达梯子底部,抓住衬衫,试着用牙齿把它缠绕在我的前臂上。斯嘉丽明白了我的意思,帮我把衬衫缠好,又用胶带固定住,最后用牙齿把胶带扯断。这种感觉很奇怪,但我现在非常想吻她。也许只是为了以防万一。

"我在想,也许我们可以用毯子把它蒙住,"我说,"如果我是奥谢,我会先让它冲进来。至少那样可以吓唬我们一下。"

信标传来一声巨响。该死的。他已经到了。我听到一阵凄厉的摩擦声。奥谢正在和信标对接。但没有对接环的电磁引力,他没办法让他的飞船抓牢。他花的时间比我想象的要长。

"你拿着枪,"斯嘉丽把枪塞进我的左手,"我有两只手可以拿毯子。而且你的枪法更好。"

"我只有左手,打不准。"

但斯嘉丽已经拿起了毯子,站到布拉沃气闸舱旁边。刚才的摩擦声就是从这个对接口传来的。我瞥了一眼自己的太空服,非常希望还有时间能把它穿上。现在我感觉到自己完全没有防护,就像一道敞开的伤口。就在这时,我听到对接环开始"嗡嗡"作响。奥谢发现他需要动用授权来进行直接操控了。我明白,这意味着现在我变成了罪犯。但我没有考虑过其他选择,只是在地上蹲好,准备向一名正在执行警务的赏金猎人开火。我裤腰里别着一张悬赏传单,单子上印着一个和我在狂暴的战争中做过几次爱的女孩;一位曾经和我在同一个战斗班里待过的战友;一个显然已经发了疯,也许干过许多违法勾当,比如曾经为了找我而黑进海军数据库的人。我要为了她放弃我的生活和事业吗?我到底在干什么?

我低头一看,发现我正拿着枪。五千万,这可以让我在第一星区的一座小岛上孤独地度过悲惨的余生。在那个天堂里,我可以每天沉浸在自己的黑暗思绪中。只要把枪口往右边转一下,离开舱门,指到我曾经爱过的女人身上。

但枪口没有丝毫晃动。一英寸也没有。我没有真正想过要这样做,也没有为自己不会这样想而感到吃惊。让我吃惊的是,我竟然这么快就选择了错误的一边。选错边——这算是我的传统了。斯嘉丽知道我这个毛病。她来以前就知道了。所以她才会来找我。她知道我没有在雅塔引爆核弹,因为我没办法杀死那些还没有出生的雷荷。她是怎么知道的?她怎么知道我根本没杀那个把我开膛破肚的领主?如果她知道我是叛徒,一个拿了勋章,撒着弥天大谎的叛徒,为什么她还会在这里?

气闸舱门上方的灯变成绿色。天啊,我们要对付的是一个赏金猎人。现在我只希望他真的就像看上去那样是个大傻瓜,枪法也像他的驾驶技术一样糟糕。气闸舱内侧的门滑开了。我蹲伏在梯子后面,好得到一点掩护,我的前臂搁在一个梯子横档上,以帮助我稳定瞄准。斯嘉丽像弹簧一样蜷曲在门边。舱门一打开,我就看到了那只动物。我不能开枪。于是我只能向斯嘉丽喊了一声:"动手!"毯子向那只沃森落下去。她被缠住的时候发出一声疯狂的尖叫。斯嘉丽高喊着让我开枪,然后有什么东西落进了信标,紧接着就是一道炫目的闪光和一声震耳欲聋的巨响。

我脚下一滑,在爆炸的气浪中向后跌倒,还用手遮住了眼睛,但已经太晚了。我什么都看不清。我希望自己是朝舱门的方向开了一枪。爆弹枪撞在我的手上。我听到能量束撞击钢铁的"嘶嘶"声。世界变成一团带着黑色斑点的红雾。一个形体出现在我面前。有人抓住我。把爆弹枪抢走。一切都结束了。

"趴下。"是斯嘉丽的声音。她就在我身边,手里拿着枪。我的视野变得清晰起来,我听到了一声爆炸——一道能量束击中了我手边的梯子,贴在我手掌上的金属发出"嘶嘶"声。当另一道能量束射过来的时候,我已经躲到一边。我觉得斯嘉丽和米奇正在相互射击。那只动物沉闷的叫声告诉我,她还被毯子缠着。当我的视力恢复,我看到斯嘉丽正抱着她的胳膊,烧焦的伤口上冒起青烟。米奇用气闸舱作掩护,不断朝她开枪,那只动物终于挣脱出来,抖掉毯子,蹲下身准备扑过来。

"五千万,无论生死。"米奇在角落里喊道,"你会怎么选。"

他看到我,眯起眼睛。他知道——知道我站错队了。我能看到报纸上的标题:《英雄背叛联邦;纵容恐怖分子》。米奇向我举起枪。沃森咆哮着冲向了斯嘉丽。

我不知道自己为什么会想到要这样做,也不知道是潜意识里的哪个部分在喊我跳下去,但我的潜意识知道米奇·奥谢不是一个好飞行员,可能无法适应无重力环境,他的胃尤其会受不了。我只有一只完好的脚踝和一支能自由活动的手臂,但这已经足够了。我纵身一跃。能量束没有击中目标。我按下天花板上的急停开关。重力一下子就消失了。

奥谢身子一歪,开始呕吐。他肚子里的器官现在一定都飘起来了。沃森的视线离开斯嘉丽。他们两个也全都飘了起来。动物的吼叫变成了困惑的呜咽。奥谢在气闸舱里一边翻滚,一边用力扑腾。我很担心他会回到自己的船舱。那里的重力环境还是正常的。于是我踩到天花板上,向下一跳,抓住梯子,用脚掌踏住一根横档,蜷起腿。在我通过无重力管道去重力波发射器那里的时候,我已经将这个动作重复过上千次,所以我现在几乎不需要校准方向。我没有枪,但我就是子弹。我猛地蹬直双腿,以可怕的速度将自己发射出去。奥谢看到了我。他想要举起爆能枪。但他的动作只是让他又开始朝另一个方向转动。一道能量束从我身边擦过。我撞到他,把他肺里的空气都顶了出去。但我的撞击让我们两个全都飞向了还有重力的飞船船舱。

米奇首先通过舱门,一下子被地板吸了过去,在一阵"叮当"乱响中重重落地——他身上那堆零碎大概狠狠揍了他一顿。我肩膀着地,感觉肩关节似乎又脱臼了。整个世界在片刻间变成了白色。无数星星骤然绽放,又消散在闪烁的条纹中。有什么东西在甲板上滚动,形状像是个球。奥谢把他的爆能枪对准了我。我尽可能向远处翻滚,想要躲开他和那枚失控的手榴弹。又是一阵爆炸,一股热浪打在我脸上,有那么一瞬间,我觉得自己中枪了。但当我朝奥谢的方向看过去,我发现奥谢已经完了。

那颗从他身上掉下来的手榴弹杀死了他。他的身体让我想起了很多朋友。那种毫无生气的、迷茫的凝视,只是盯着远方。它们看起来都一样。好像这里根本没什么可看的。

## 第十七章

穿过气闸舱回到信标,我再次进入无重力环境。我无法想象重力消失时米奇的感受。即使已经习惯了重力的缺失,即使每天都有十几次这样的经历,每次我去重力波发射器那里找乐子的时候,我身体里的每根神经都会有一种奇怪的感觉,仿佛有一股力量正在从下向上地要把它们拉扯到……不知何处,就像开着一辆疾驰的车冲上小山,或者在大气中俯冲。如果你不习惯,眩晕的感觉会非常强烈。对可怜的米奇·奥谢来说,这导致了他的末日。

那只沃森还在零重力中不停地扭动咆哮。我看见斯嘉丽停在房间的角落里,离地几英尺,正用她的爆能枪瞄准沃森。

"等等!"我喊道。

毯子在半空中盘旋。我在飘向梯子的时候抓住它。各种各样的东西都在四处乱飘,我的太空服、工具、那卷胶带。我把毯子抛向斯嘉丽。它像一个幽灵一样在空中移动。斯嘉丽把它抓在手里。"我们只需要把她送进气闸舱。"我对斯嘉丽说。

斯嘉丽点点头。她知道我只想这样做。她很了解我。爆能枪被她收回枪套里。我用一只手爬上梯子。我肩膀和脚踝的疼痛都飘到了很远的地方,就像我刚刚听到的手榴弹爆炸声和枪声。那只猫还在呜咽。现在她看上去没有那么凶狠了。斯嘉丽打开毯子,蹬腿朝那只动物飞去,成功地从后面抱住了她。我把自己推上去,按下天花板上的开关,同时做好了掉落的准备。工具落在地板上,发出一片"当啷"声,接着是一连串的叫嚷——我们三个也落在地上。如果我的脚踝上一次没撞断,这次应该是差不多了。

斯嘉丽似乎落在了那只动物的身上,而那只动物现在只是一动不动地躺在地上。斯嘉丽把她裹在毯子里,推进气闸舱。我一瘸一拐地走过去,关闭了舱门。在舱门关闭之前,我看到她自己挣脱出来,冲进飞船。她已经失去了斗志。也许没有主人,她就没有了目标。不管怎样,它会被困在飞船上,直到我想出下一步该怎么办。

我软绵绵地靠在墙上,感到筋疲力尽。斯嘉丽想扶起我。我的肩膀在尖叫,一只脚承受不了任何重量。她的手放在我的身上,她的脸离我那么近,她的嘴唇是那么熟悉,我的意识还在痴呆中狂奔。她一定是要向我说些什么,要感谢我,告诉我她爱我,我们可以结束所有战争,我们可以创造生活,生儿育女,搬到第一星区,一起成为英雄……

当她在痛苦中睁大眼睛,我看进那双灵魂的窗户,看到了她是一个好人,看到了她的内心深处。就在这时,生命离开了她。她的身体紧靠着我的身体。再没有什么能让她活过来。

那名全身黑色的赏金猎人穿过查理气闸舱走进信标，手中拿着一把消音枪，枪口正对着我。我爱的女人死在我的怀里。我是下一个。对此我确定无疑，就像确定行星一定会有重力。

赏金猎人走到离我不到一步远的地方。我半个身子被斯嘉丽压住，另一半身子被我的伤势压住。我不能移动。我甚至无法抗拒。我想死太久了，所以我接受了这个概念，接受了从此不复存在的想法。我想要这样。我感觉自己的整个生命都在向宇宙敞开，我希望那里所有的一切都被灌进我的身体，让空虚填满我，让我重新回到原子状态，就像是那些货物的金属箔和碎片，全都散落在太空里，没有知觉，没有感情。

赏金猎人从斯嘉丽的枪套里拔出爆能枪，将它扔过舱室，又抓住斯嘉丽的衣领，把她从我身上拉开。这个穿黑衣服的女人非常强壮。当她拖着斯嘉丽穿过甲板，穿过气闸时，她一直用消音枪指着我的头。

舱门关闭了。

我完全没有听到她走进来，也几乎没有听到她离开。舱门上的灯从绿色变成红色。斯嘉丽走了，我没有被逮捕，也没有被杀死，我非常生气。我的心中充满沮丧和愤怒，也充满了决心。决心。我一直以来都缺失的东西。采取行动的能量。有件事我一定要做。不远处就有一只想要杀我的动物。所以我不需要一双拒绝扣动扳机的、软弱的手。

我摇摇晃晃地站起来。我要在改变主意之前做完这件事，拥抱我黑暗的秘密——结束一切的渴望。那些秘密，我没办法向任何人倾诉，否则他们只会把我关起来。我打开了通向奥谢飞船的气闸舱门，高声喊道："快来吃我！"那只动物的主人遗骸就在十步之外。我跌跌撞撞地穿过气闸舱，进入飞船，希望被吃掉。她转过拐角。我准备好迎接一个充满灼热痛苦的世界，迎接爪子和利齿，白热的仁慈，但我只感觉到她在我身上蹭来蹭去。我睁开眼睛，同时意识到自己闭上了眼睛。我转过头，看见一根尾巴闪了一下，消失在拐角处。我跌跌撞撞地回到信标里，感到困惑不已。沃森的嘴里叼着一个食物包。来到堆在地板上的太空服旁边，绕着太空服转了两圈，然后躺下，嚼着食物包，把蛋白质糊弄得到处都是。

所有这些感觉都很遥远。我太专注于自己的黑暗秘密，我新的决心。我一瘸一拐地走向另一个气闸，斯嘉丽就消失在那里。我打开通向外面的舱门，走进气闸舱，再把身后的舱门关上。在狭小的空间里，我想我能闻到她的味道。她刚经过这里，还活着，现在却已经死了。她的希望从宇宙中被抹掉了。

我想把我的黑暗秘密告诉她。我差一点就成功了。如果我们有更多时间在一起，我一定会向她坦白。我会告诉她，我每天晚上睡觉前如何来到这里，如何站在两道气闸中间，如何关上身后的门，以及我会如何思考另一边的真空。

每天晚上，都是如此。

无一例外。

我有一个紧急代码，即使另一边没有空气，我也能打开这扇门。那是在太空行走时用的。我们应该每周出去一次。我从没有那样做过。如果出去,我不会穿上太空服。我只会呼出最后一口气。结束噩梦。

靠在舱壁上,我输入了紧急代码的前三个数字。

我的手指悬在了第四个按键上。

我来这里以后,每天都会这样做。每一天。但这一次,我想按下第四个,尽管我还无法用力。

三个数字躺在小屏幕上,等待着。

我碰到了第四个键。

我碰到它,却仍然无法按下它。

我从来都做不到。

我颓然地坐在地上,抱住膝盖,不停地抽泣着。

坏事成三——然后,它们会停下。

再从头开始。

# 同伴

## 第四部 COMPANY PART 4

# 第十八章

夜空中有十亿星辰,其中一颗正在冲我眨眼。

只不过这个闪光的不是星星。它距离我只有一百多千米,看上去就像另一个和我的差不多的信标。它是在一个月前出现的。当时一艘拖船从超维空间冒出来,就停在了那里。我不确定它会长期停留还是很快就会开走——有时商业拖船会把我所在的这种偏远空间作为中转站。但今天早上,那个信标开始工作了。看样子,我有了个邻居。

我通过量子隧道联系了航空航天局,他们说几个月前的货舱失事表明这里还需要更多导航设备。这让我想起了家乡田纳西州的一个十字路口,在一辆运鸡的卡车撞上那对年轻夫妇之前,那个路口还只有一个警示标志。几周后,我们的第一个红绿灯在那里亮起来了。那个红绿灯到了晚上就只会闪动黄光,以示对宁静的尊重,镇上的大人们都在严肃地讨论这种不受欢迎的打扰可能意味着什么。

一百千米外,一点光在向我闪烁。我知道那意味着什么。它在冷酷地提醒着我的失败——残骸散落,生命逝去,都是因为我。如果交通标志也会感到羞耻,我想我的家乡会有一个交通标志和我有同样的心情。我当时就站在路边,全身僵硬,只能惊恐地看着那对年轻夫妇死去,到处都是羽毛和死鸡,还有那些尖叫声,直到几个星期后,一个穿着橙色背心的人把那块牌子从地上拔出来,又为代替它的新奇玩意儿拉上了电线。

我的沃森紧紧依偎着我,不停地用鼻子蹭我。可能她也感觉到了我的内疚。她的名字是蟋蟀,样子就像拉布拉多犬和豹子的混血儿。她的情绪也像那两个极端种类一样狂野。她曾经想要杀死我,但现在,她就像小狗一样跟着我跑来跑去。我非常确信,沃森都有感应人心的超能力,能够清楚地知道人类的情绪,甚至是一些想法。原先拥有她的那名赏金猎人死亡之后,她就看上了我。这也许不是一件好事,毕竟我的脑子里有太多黑暗的念头。

我很想对这种生物有更多了解,但档案里的信息实在是太少了,而且我也不能向休斯顿发出研究请求,否则就会出现下面的对话:

地面操作员:"长官,你能来一下吗?我收到了……呃,可以说,23号传来了一个非同寻常的研究申请。"

主管:"让我看看。嗯,想要了解沃森?嗯?哼,不就是那个拿石头当宠物的家伙吗?"

地面操作员:"是的,长官。就是他。我还有一个与他的信标完全无关的问题。我的意思是,我敢肯定这两件事完全没有关系,但在他的信标中,氧气的消耗量上升了百分之五十,而且他的食物消耗速度是平时的两倍。"

主管:"现在他想要一个喂食和护理指导,好让他能照顾一只被赏金猎人雇用的大型外星四足动物?"

地面操作员:"是的,长官。"

主管:"这家伙最近不是和一些赏金猎人有过冲突吗?"

地面操作员:"我相信是如此,长官。那之后他的情况就有了很大变化。"

主管:"氧气和食物包的问题会不会是在赏金猎人出事的时候发生的?"

地面操作员:"你知道的,长官,就像你说的一样。我相信这两个问题是同时发生的。实际上,就在同一天。"

主管:"明白了。"

地面操作员:"……"

主管:"……"

地面操作员:"……"

主管:"是的,我也没问题了。把他要的发给他。"

好吧,最后这句话只是我一厢情愿,如果他们真的察觉到了什么,事情绝不会这么简单。是的,我的脑子里经常有这样的对话。但至少我不会再大声把它们说出来。无论如何,这种想象也没有以前那么多了。

蟋蟀用鼻子摩擦我的胳膊,我捧起她的下巴,好让她把头靠在我身上。我指着远处那点闪烁的灯光说:"那边,你看见了吗?你对此有什么看法?"

我们俩看着黑暗的太空将灯光吞噬,吐出来,再次吞噬。我盯着那个信标入了迷。蟋蟀用爪子拍打自己的倒影。

我现在有许多问题。那边有人吗?真的会有另一个操作员?我试了两次高频通讯,都没有反应。航空航天局不希望我们在非紧急情况下使用量子隧道。正因为如此,我才没有每隔五秒钟就骚扰一次休斯顿——尽管我很想如此。我只是一直待在重力波发射器旁边,看着那盏孤独的灯忽明忽暗。我已经看了它好几个小时。在它侵入我的日常生活之前,我究竟是如何打发时间的?所有星星都是固定的,时间只会悄无声息地过去。但现在有个节拍器在那里,滴答滴答地计算着一天的缓慢消逝。

一想到滴答声,我就想起要看看时间。现在是当地时间2228年。一艘开往前线的军队运输船很快就要经过这里。一艘装满枪支和用枪支开火的男人和女人的船。一排又一排的英雄们。我记得我穿着军装,登上商业飞船,在休假之后返回部队,人们会感谢我,拍拍我的背。我登船的次序还要在头等舱客人前面。那种感觉很好。我受到人们的尊重。但那只是因为他们不知道我做了什么。如果他们知道,他们就会紧紧抓住自己的孩子,而不是让他们过来感谢我。

我还记得在候机楼里,我吸引了另一些人的目光——他们人数不多,都是因为有良心而拒服兵役的人。他们反对战争,但不敢说出来。他们眼中没有仇恨,只有怜悯和悲伤。我知道我做的事情可能是必要的,但我们不应该因为这种必要而自豪。这就是我在第二次战役结束时对自己和部队的看法。与其说我讨厌我们所做的一切,不如说我讨厌我们这样做的原因。没有人应该为此喝彩。我们应该在悲伤中低下头,而不是在感谢中点头致意。

我向那张照片中的灯塔看守人点点头。他是我来自不同时代的同事。然后,我把头伸到通向信标主体的通道里,抓住边缘用力一拽,就跳了下去。

或者是跳过去。

或者是跳上去。

在到达另一边重力场之前的几秒钟内,方向失去了意义。我在空中扭动身体,把脚拉到身下,弯曲双腿,落入指挥舱,然后蹲伏着地——这正是那些穿白大褂的人警告我绝对不要尝试的高难度动作。其实反倒是他们提醒了我还能这么做。

一落地,我就迅速闪到一旁,以免蟋蟀落到我头上。她摇摇头,咕哝了一声。到现在她还是很讨厌眩晕,但她更不喜欢离开我,非常不喜欢,所以她学会了如何沿着梯子爬上爬下,甚至知道如何用爪子穿过失重的通道。

必须承认,有她在身边挺好的。也许这就是为什么当海军来拖走赏金猎人的船和他的尸体时,我把她藏在了重力波发射器旁边。他们走了之后,我发现她在那里表现很失常,肯定是重力波发射器把她的脑袋搞得一团糟,就像我的一样。根据我的观察,这对她来说更糟。她能感知到思想、信息素之类的东西。也许她的大脑更敏感。我只知道航空航天局还在隔离我,我却在这里接收外星生物。

就像我说的,这份工作我做得实在不怎么样。

小行星带上的货船碎片证明了这一点。

这让我很是怀疑,航空航天局安排那个新信标其实不是因为机器能力不足而是因为人员能力不足。也许因为我是一个伟大的战争英雄,所以他们难以重新征召我返回军队。也许他们希望这里会成为我一生的岗位,一个不会给任何人造成麻烦的地方。也许这个灯塔就是我的养老计划。是我被迫退役的地方。供他们安置再也做不出任何贡献的英雄。

蟋蟀对我低吠了两声。她显然不太喜欢我的这些想法。我便努力赶走了这些阴暗的念头。这就是有个沃森在身边的好处。因为有了她,我才不再想不戴头盔跳出气闸的事了。

我最后一次坐在气闸舱门前输入紧急密码的前三位,是在我收养这只奇怪生物的那天。后来我又想去那里的时候,蟋蟀就会露出一副要揍我的样子。那时她在梯子周围来回踱步,如果我走近她,她就会发出嘶吼和咆哮,还会向我挥爪子。也许这是治疗抑郁症的理想方法:一把能读懂你的心思的枪,永远指着你的脑袋,让你能好好练习如何把那些黑暗的愿望藏起来。

当然,藏起来并不能解决内心真正的问题。但我早就放弃了能够得到治愈的想法。

我检查了扫描仪和指令仪表上的读数,又瞥了一眼时间。运兵船的时间到了。我立正站好。我的老战友还在这艘船上。一些和我一起流过血的兄弟姐妹,他们有少数人还活着,还在服役,还有完整的身体。当我在重力扫描仪上看到微弱的波纹,我抬手向他们敬礼。那些被我辜负的人，遭到我背叛的人，还有那些不能再上那艘船的人。

在斯嘉丽死前不久，我把自己英雄事迹的真相告诉了她。我告诉她，我只要按一下按钮就能干掉一群外星虫子。我本可以杀死几十亿个外星人。那场爆炸也会干掉我和两个连的人类士兵，但那样会让人类死得更少。我有可能扭转第六星区的战局。在那以后，人类有八颗行星被攻陷，战争不断在第七星区推进，现在正朝这个方向蔓延过来。雷荷人在发动攻势。

但曾经有那么一天，我们本可以把它们打退。那一天，我赢得了勋章。那天我什么都没做。我可以杀死所有那些未出生的怪物，但我退缩了。在那一刻，对我来说，那个巢里全都是还没做过任何错事的小虫子。

我猜，我不太擅长从大局出发。我几乎连这个小白铁罐都无法维护，它已经成为了我的世界。我不过是一个来自古老星球偏远小镇的退伍士兵，想办法成为了一名信标操作员。

而且还不是什么优秀的操作员。

## 第十九章

蟋蟀呜咽着,不停地转着圈子。起初我觉得是因为我对自己太苛责了,但我从没见过她这样。我注意到她在转圈的时候还一直瞟着一扇舷窗。也许她能感觉到运兵船经过,那里面全都是满脑子黑暗思想的人。我走过去,从舷窗向外窥视,伸长脖子一直望向小行星带的远方。

一开始我还没有注意到。直到长时间的闪光出现,我才意识到灯塔不再只是冲我眨眼。它的灯光闪烁中出现了某种信号。短短短、长长长、短短短。

S.O.S.

蟋蟀"呜呜"地叫着。

"我看到了。"我对她说。

我抓住高频麦克风,按下通话键:"陌生信标操作员,这里是信标23号,你那边一切都好吗?结束。"

我等待着。量子隧道仍然只是显示着航空航天局的最后一条信息。我在量子隧道中输入:邻居发SOS,然后按下"发送""确认"和"没错,我该死的确信无疑"。

我等待着。

盯住那点灯光。

又过了两三秒。

我可以在这里绕圈子,等着航空航天局命令我去看看,但是当太空中有求救信号时,你不需要命令。我被迫跑到地面去之前是在海军服役。如果有人向你求助,你就要帮助他们。如果没有这样的意识,我们就没有人能生存下来。

所以,当休斯敦的接线员看到我的信息,放下咖啡,擦抹他那可笑的胡子时,我的脚已经落在下一层的生活舱甲板上,我的手掌因为和梯子快速摩擦而感到灼痛。沿着下一道梯子,我到了生命维持舱,然后又是一道梯子把我带到气闸舱。我从架子上取下太空服和头盔,冲进救生艇。还没等我把门关上,蟋蟀也从上面的舱室中跳下来,像一只大猫一样落在栅格地板上。

"留在这里,"我伸手挡住她,"留下。"

蟋蟀歪过头,发出一声呜咽,向救生艇迈了一步。

"不,"我说,"你留下。"

通常我让她做什么,她就会做什么,至少是我认真命令她的时候,她总是很听话。但有一件事对于她似乎比我的命令更重要:那就是跟在我身边。不等我再给她命令或者锁上门,她已经扑到了我的腿上,差一点把我撞倒。等我锁上舱门,到了驾驶室,她就坐在领航员的座位上,透过驾驶室顶盖向外张望,仿佛知道我们要去某个地方,而且她仿佛已经将这件事做了上千次。我觉得她有可能知道随后会发生什么。

我穿上太空服，自动驾驶仪把我们引向对面的信标。推进引擎已经开到了最大，不过这个桶根本就没什么动力。也许现在我应该承认，自己最近的状态不算太好，我应该明白自己有点发疯——我相信这也是一种进步。真正的危险是当状况发生时，你却无法察觉。当你以为自己是理智的，就无法看到自己的疯狂。

我在脖子上挂一块石头就是为了提醒自己，我有可能会失去对现实的掌握。洛基到现在已经好久没说过话了。我发誓，我正在好转。

我瞥了一眼蟋蟀，又产生了另一个想法。我是不是夸大了这家伙的读心术呢？她什么时候用鼻子拱我，什么时候没有，会不会也都是我想象的？如果一个人有点发疯，这就是真正有趣的部分：即使你做的事情显然是理智的，也会被质疑。我面前的灯塔是真的吗？斯嘉丽真的回来见过我，告诉我，我能帮她赢得战争，然后再次消失？查理对接环旁边的地面上有一点轻微的污渍。我分不清是锈还是她的血。

我伸手轻抚这只沃森。至少这一点是毫无疑问的。她是真实的。我前面的信标看起来也该死的相当真实。我把救生艇的速度开到最大，想要尽快缩短和它的距离。这让我的思绪又回到了当兵的日子。我能感觉到运兵船留下的余波。那上面所有的男孩和女孩都奔赴前线，将会被扔进战壕。我能感觉到步枪的后坐力,那时它正在夺走一条生命。土壤如同间歇泉一般喷涌到半空中,填满我们的鼻孔,带来一股血腥的金属味。还坚持着希望的士兵哭喊着要军医,失去希望的士兵哭喊着要妈妈,带着枪的士兵将眼泪带给了对面的生命。

我有些好奇,斯嘉丽说我们能结束战争是什么意思。这样的战争只有在一方化为灰烬后才会结束。竟然会有像斯嘉丽这样天真的人,他们竟然就生活在这个星系里,看到我们都看到的东西,看到了这里发生的一切,竟然还会继续坚持他们愚蠢的想法,这对我来说才是真正的疯狂。而且这样的人还有很多:抗议的人、劳工组织、对外星人心存友善的人、因为良心拒服兵役的人,还有叛徒。

是的,我就是一名叛徒,而且是最坏的那种。我不像其他人那样会相信些什么。我只是厌倦了这一切。我不能再战斗了。一个人战斗只是因为他的小队需要他。当最后一个站在你身边的人倒下时,你自然也会跪倒下去,不需要一颗子弹来打穿你的膝盖,抑郁会帮你做到这一点。我见过最强大的部队在黑暗中全军覆没。我看到战士们蜷缩在泥里一动不动。我记得我只希望那永远不会是我。然后我就到了这里。

对面的信标侧面有个号码。我可以在几千米外就看见那一串硕大的数字:1529。

该死。

看到那个数字时,我还没有想到这个宇宙里会有多少信标。我不会计算成本,也用不着去想那些可怜的纳税人。我不会考虑整个太空的范围,这个银河系到底有多大,我们为了维持拓展要付出怎样的代价。不,我想到的只是有多少人被困在黑色的空间中,正在像我一样孤独地生活。

太多了。

到了距离信标一千米的地方,它还在不停地发出求救信号,我却看不出那里有什么明显的问题。没有撞击后产生的喷射痕迹,舷窗里也没有失火的橙色光亮。

实际上,那个信标简直是新得闪闪发亮,上面连一点污痕都没有。光亮如镜的美丽钢漆上刷着"航空航天局"的白色大字母,还有一排排整齐的铆钉和光彩耀人的太阳能电池板,它们的效率很可能是100%,而我的灯塔的电池板效率只有48%。

但发出遇险信号的不是我的信标。在接近到100米时,我抓住操纵杆,把救生艇转向一旁,同时继续保持着前冲的惯性。用这样的铁桶进行这种机动飞行真是发疯。不知道侧向推进器能不能抵消掉我现在的速度。我把它们全部开启,同时紧盯着对接环的距离,引导小艇靠过去,直到我撞上信标,让双方的磁铁勾在一起。如果满分10分,我应该是得了3分。

蟋蟀向我咕哝了一声。她大概觉得我是个好人。

我挣脱安全带,离开座位,匆忙向气闸走去。当我打开救生艇的内侧气闸门时,我看到控制面板上方的红灯在闪烁。对面没有空气过来和救生梯的空气握手。这个信标的确出了很大问题。我合拢头盔,关上身后的救生艇气闸,把蟋蟀关在艇里,然后输入了通用紧急代码。当信标的舱门打开时,我有一种不祥的预感。即使透过太空服头盔和厚重的气闸门,我也能听到蟋蟀在救生艇里愤怒地嚎叫。她生气的原因也许是我离开了她,或者是知道我做了一件大傻事。

# 第二十章

　　信标的气闸舱里空无一人。我还能看到这里救生艇的舱门敞开着,于是我去那里查看了一番。如果失去空气,幸存者就会进入救生艇。但这个灯塔给人一种毫无生气的感觉,仿佛连细菌都没有,就像一个真空。在这里不可能找得到人。这就好像邻居的玛莎拉蒂突然开始响起报警声,但邻居却不见了踪影。我看了一眼太空服的氧气量,然后走向梯子,我知道航空航天局至少会希望我关掉紧急信号,对这里进行调查。向上爬过一道梯子就是生命维持舱和机械舱。我的靴子踩在踏板上,不断发出"当当"声,不过这声音被我的头盔挡住了。

　　机械舱的样子就好像连保护膜都没有撕开。一切都崭新锃亮。没有一个附加组件上能看到松动的电线,更没有许多年层层叠叠的维修痕迹。泵机上没有磨损的密封条,更没有机油流淌的痕迹。油漆的表面看不到起泡和剥落,也不存在任何锈迹和老化。她就像是一名刚刚剃过头、立正站好的新兵,抱着她折叠整齐的制服,光滑的皮肤上没有一丝疤痕。凝视这间舱室,我能想到的只有即将到来的悲伤,能量束子弹在我们周围的宇宙中纵横交错、呼啸而至。我只想扑到她的重力发生器上,用我的身体保护她,让一切都平安无事,不让任何东西碰到她……

上方某处传来"砰"的一声响,遥远又低沉。好像太空中的那些碎片听到了我的声音,就冲过来扇了这个性感的新兵一巴掌。我们的教官如果抓到我对一个女孩露出微笑,就会干这种事。我抓住通向生活舱的梯子,踩着横档往上爬。生活舱也是一样清新怡人。我摸了摸睡袋,非常希望能打开我的头盔,闻一闻刚出厂的睡袋是什么味道。我用的那个老家伙已经不知道被多少人睡过了。

又是"砰"的一声响,现在更近了。这一声让我吃了一惊。因为即使穿着太空服,我也能感觉到爆炸就发生在信标内部,而不是在外壳上。这时我注意到厨房里有个行李袋。终于有个人物品了。透过舷窗,我能看到外面的灯光还在闪烁着警报:长、长、长,仿佛正张大了嘴,高喊着字母"O"。

我抓住上面一道梯子,爬上指挥舱。这里不是只有我一个人。两条腿从控制台下面伸出来,上面裹着白色的航空航天局运动裤。两只脚光着。十跟脚趾向上张开,一动不动。就像一具从停尸房抽屉里拖出来的尸体。那个人的上半身被遮住了。我想象着倒在这里突然死去会是什么样子,窒息,真空缺氧,感到肺部在燃烧。我曾经很多次想象过这种情景。

我靠近这具尸体。这不是你的错,我告诉自己。我的速度不可能更快了。我需要把尸体拉出来进行检查,确定死因。于是我抓住一只脚踝,尸体却打了个哆嗦。那两只脚开始踢我。

然后是一声喊叫和"砰"的一声。我又被踢了几脚。那两腿就像骑自行车一样乱蹬。然后有双手伸出来,抓住控制台边缘,一张脸随即从控制台下冒了出来,几缕松散的头发遮住了一双瞪大的眼睛和一张怒喝的嘴。有人用模糊的声音冲我大喊:"这是怎么回事?!"

━━●━━

我们瞪视着彼此。这是一个女人。她的嘴唇在动。她没戴头盔,这让我觉得自己很傻。我伸手打开面罩,却又感到一丝轻微的恐惧,也许她是一个幽灵,也许我根本不是在一个信标里,而是在外面寒冷的太空中——我有点希望这是真的……

但是面罩一打开,我就呼吸到了空气,还听到了她的最后一句话:

"……你到底是从哪儿来的?"

她在等待我回答。这很容易,我知道答案。

"23号信标。"我说道。

我们继续瞪着对方。情况很尴尬。

"我……我看到了遇险信号。你……都还好吗?"

"我本来好好的,直到你差一点把我吓死。"那女人拂去脸上的一些乱发。她是我见过最美的人。在我内心深处的一个角落里,我知道自己会这样想是因为我孤独得太久了,因为我爱过的最后一个人不久前刚刚死在我的怀里,因为我非常高兴这个人没有死,但我的心中也有一部分真正相信她就是这么美。

"那么,这里出了什么事?"我问她。

"出了什么事?我来告诉你出了什么事,那些德州的白痴已经制造了差不多两千个这样的桶,但他们还是常常会搞出这样或那样的小故障。这些东西难道不能在第一次启动的时候就开始好好工作吗?这要求过分吗?这要求一定很过分。把扳手递给我。"

不远处有一个打开的工具箱,也在控制台下面。我把扳手递给她,她又钻了回去。我的太空服感觉很笨重。我在它的重压之下耸耸肩,非常想把头盔摘了。

"所以他们才会派你来操作这东西。就是这样这东西也不工作?"我问道。

"它们从没有工作过,"她对我说,"至少一开始不会。"因为有操作台和我的头盔阻隔,她的声音有一点发闷,"而且我也不是操作员。"她在一片阴影中看向我,"我看上去像是操作员吗?"

在我眼里,她像是一个正常人。那么她就"不是"操作员了?而我则是不正常的?我猜,我的确有点不正常。我决定不摘下头盔。我下巴上的胡子已经长了一个星期,我的头发乱蓬蓬的,完全不符合航空航天局和军队的标准。

"我猜不像。"我说。

"我是一名调校师,"她说道,"我让这些东西工作,这样你们这些人就能在其中生存。但现在,我正试图让所有传感器明白,这只桶没有出错。她只是失控了。不要再好像一切都完蛋了一样发报警信号了!"

"调校师。"我说道。这是我第一次听说这种职业。听起来,她更应该去处理一架钢琴,而不是一台上万亿美元的星际导航设备。

女人又从控制台下面探出身子,坐起来。她的头发是浅棕色,略带红色,梳着一条马尾辫,一些头发因为出汗而有些乱。她的眼睛就像翡翠一样。我是个不折不扣的傻瓜。而且这身太空服也太热了。

"是的,一名调校师。"她重复了一遍,"请把那根螺栓递给我,好吗?"

我急忙转过头,朝她指的地方看过去。我认识那些小螺栓,它们可以把控制台固定在主面板上。我把一根螺栓递给她,顺手还给螺栓塞好了垫圈。她眯起眼睛看着我,就像看猴子演戏一样。"我是克莱尔。"她向我伸出手,那只手上沾满了油泥。我握了握那只手,"你叫什么?"

我笑了。我猜是因为紧张。"最近我叫自己'白痴'。在军队里,他们叫我'士兵'。不过在飞行学校,我们都有自己的呼叫称号。"

她也笑了。"那么,你的呼叫称号是什么?"

"那不是个很好的称号。"我警告她。

"告诉我吧。再给我一个螺栓,谢谢。"

我做好准备,又递给她一根螺栓。"我的呼叫称号是挖子。"

克莱尔的笑声回荡在控制台下面的空间中。我挪了一下身子,继续看她工作。

"本来应该是掘墓人。"我解释说,"那个……你知道……是很酷的。但我的飞行教练不喜欢我。有一次,他看见我擦鼻子,就说我只知道挖鼻孔。从那时起,我就被叫做'挖子'了。就是这样。"我耸耸肩。不过她肯定没看到。

"和我说实话,"她在控制台下面高声说,"你真的是在挖鼻孔,对吧?一定不只是擦一擦。把螺母给我。"

她的手伸出来。我把三枚螺母放在她的掌心里。"我可能是在挖鼻子。我不是死要面子的人。"

"不,你不是。我能看出来。"

我无法确定她是不是在恭维我。但这句话听起来怎么都不像是恭维。

"那么,你曾经在哪里服役,士兵?"

"到处都去过。猎户座、洪博特、达卡。我的第一次作战是在格特恩。"

克莱尔吹了一声口哨。"他们总是把你派到粪坑里去,是不是?"

"都是能够没腰的大粪。"

她从控制台下面退出来。我为她让出空间。她穿着一件白色的航空航天局背心,没戴胸罩,身材匀称,肌肉发达——这个我完全没想到。我本来还以为她会是个书呆子。她开始对付一个主控屏幕。我在一旁观察她的一举一动。看起来,她在给一个主要的重启序列重写配置文件。她编码的速度比我打字还快。

"让我们看看这样行不行。"她嘟囔道。

我们周围的灯灭了,变得一片漆黑。两层以下的远处,巨型继电器传来一声闷响。借助几扇舷窗中透进的星光,我的眼睛渐渐适应了周围的环境。能和另一个人一起在黑暗的空间中呼吸,这给我带来一种喜悦。我能感觉到她的存在,就像我有雷达一样。我能感觉到黑暗中还有另一个人和我在一起,我不是一个人。我呆呆地站在那里,一动也不敢动,唯恐我可能会用自己的手脚做些什么。

灯又亮了。克莱尔目不转睛地盯着一扇舷窗。我也向那里看过去。外面的灯光已经不再颤抖和悸动,不再发出那种令人惊骇和狐疑的警报,而是恢复了稳定的节拍,放射出让人心神安宁的光彩。

克莱尔向我微笑。

"好多了。"她说。

我同意。

# 第二十一章

我一走进救生艇,蟋蟀就一头撞了过来。它把我按在甲板上,巨大的爪子搭在我的胸前,叫个不停。然后她用嘴咬住我的胳膊,好像要真咬一样。不过她只是抱着我,在喉咙里发出威胁的声音。

我任由她这样做,轻轻挠着她的脖子。她松开嘴,对我"呜呜"叫了两声,然后在我打开的面罩里舔了舔我的脸。

"我知道,我知道,"我一边对她说,一边抚摸着她的头,试图让她冷静下来,"我很抱歉。一切都好。我很抱歉。"

我一流露出这些想法。蟋蟀就趴到了我身上,就好像我们要躺在气闸外面睡个午觉。

"起来,"我说,"我们得走了。我们的小站还在等着我们。这里的一切都没问题。"

其实要比"没问题"更好得多。但我不能留在这里。在看着克莱尔工作了一个小时以后,我觉得自己在太空服里满身是汗,没用又笨拙,于是只好向她告辞。尽管我全身的每一个细胞都充满了渴望,但我必须告辞了。

我和蟋蟀以半速回到我们的信标。我把后置摄像头信号固定在一个显示屏上,看着毫无瑕疵的新信标渐渐远去。我就这样爬过一片空旷的太空,飞向我破旧的家。蟋蟀昏睡在我旁边的座位上,她的身体趴在扶手上,这样她的头才能碰到我的胳膊,疲惫把她死死地钉在了座位上。我不在的时候,她一定是在船舱里跑得精疲力尽。需要调节油门时,我倾斜身体,用左手操作,这样我就不会打扰她。我到底在做什么?帮助和教唆一个逃犯,现在又窝藏一个外星生物。这就是当他们因为你违反规则而给你颁发勋章的后果:你会忘记适用于你的规则。

打开通往家的气闸,我闻到了这个地方的倦意。另一个信标里清新的空气使我的鼻孔恢复了清醒,现在我可以闻到我所生活的空气,其实还不算难闻,只是有点陈旧。这里的空气净化器远比我想象中更出色。该死,它们干得比我好多了。

脱下太空服,我向梯子走去。蟋蟀似乎读懂了我的心思,第一个窜向了梯子。它用爪子抓住一根横档,向上一窜,一下子就抓住上方舱口边缘。她爬梯子的时候,总是前腿膝盖向下按,后腿不停地向下挠,尾巴转着圈,看上去不像是能爬上去的样子,但最终她总是能成功。我在她之后爬了上去。凉爽的空气吹拂着我汗湿的皮肤,现在我身上只穿着短裤。趁我双手还握着梯子,没办法抵挡的时候,她在我的头上和脸上舔了一下。

"不要舔。"我一边擦脸一边告诫她。我一直都在尝试训练她不能这么做,"别再舔我了,"我朝她摇了摇手指,她坐到地上,把头歪向一边。"最后一次。绝对没有下次。不许舔。我是认真的。"

她的尾巴摇个不停，打在格栅地面上"沙沙"作响。我拍拍她的头。我发誓她能读懂我的心思，但我说的话她好像一个字都没听见。我抓着她的耳朵问她："这只是一对儿装饰，对吗？"

她在舔我的手。真不知道我为什么要这么做。

爬上另一道梯子，我启动了淋浴舱。蒸汽充满了那个舱室，水开始反复循环。等到它看上去像是一间太空发射场的吸烟室，我就打开门，穿过迷雾，走进这个滚烫的房间。死亡和疲劳从我的皮肤上蒸发走了。我把旧细胞洗掉，在下面找到新的我。满身肥皂泡的我摸到剃须刀，把它放在莲蓬头下冲干净，然后让它滚过我的脸。胡须一小片一小片地离开了我。接着是洗头，然后背对着喷气机，让热气直冲我的脊柱。水真是热得够呛。我站在那里尿尿，想起布拉沃连队的汉克——有人这样做的时候，他就很生气。只要在淋浴间闻到尿味，汉克就一定会暴跳如雷，四处寻找那条黄色的小溪。我们会指责他以此为借口研究我们的鸡巴。

汉克是我在连里最好的朋友——至少在那两个星期，他还和我们一起活在战壕里。那是非常漫长的两个星期。你要认识一个人多久才能知道你爱他？军队让我明白——世界上根本没有关于这件事的规则。你端起枪的时候就可以恨，放下枪的时候就可以爱。这种事会不断反复，就像那些操纵重力不断振荡的面板。宇宙里没有上和下，只有一大堆该死的侧面。只是人们有爱和恨。而且没有规则规定它们需要多长时间。

我关掉淋浴,因为水温已经开始从沸腾渐渐降到只有些许热度。我全身通红。当我离开淋浴舱时,身上冒起了一股股蒸汽。蟋蟀在我的床上睡得很熟。她稍微醒了一下,看我一眼,确定没有错过什么,然后继续睡觉。

我翻遍我的衣服,把每件衣服都闻了闻。干净程度都还说得过去。直到这时,我才看到琥珀色的灯光在我的铺位上闪烁。该死的。量子隧道上有消息。我一步两级梯子地爬上去,看向显示屏。航空航天局给我发来了三条信息,要我报告关于SOS的情况。

我输入数字"55"。然后又不停按键,忽略三个屏幕的警告,才让纠缠粒子能够撩骚它们在休斯顿的配对粒子。"5和5"是过去人们用来表示"一切都好"的方式。不知道为什么,这比直接说"没问题"更有效。这可能与俄克拉荷马州有关。全都是他们的错。就像因为德国人的错,我们不得不把数字9说成"9儿"。每个人都在制造麻烦。不只是我。

我关掉屏幕上的信息警报,绕着指挥舱走了一圈,又走了一圈。蟋蟀从下面爬上来,窜了两下进入指挥舱,哼了一声,又蹬了两下后腿,就蜷缩到我给她铺在控制台下面的毯子上,看着我绕圈。

我挥舞着手臂,好像它们还湿着,好像里面有什么东西需要我释放出来。士兵从战壕中冲出来之前就会感到这样的紧张。我到底是怎么了?一股水流到我的胸骨上,是从脖子上戴着的那块多孔岩石中漏出来的。我把水抹掉,走到舷窗边,盯着远处闪烁的灯光看了一会儿。然后我转向高频通讯器,想知道如果我把它拿起来,会说些什么。我又转身看向那点灯光。

这要比真正的孤身一人更糟糕。

# 第二十二章

那一晚,我梦到了我的连队。我的旧连队,布拉沃连。

向你们欢呼,孩子们。

鞠躬答谢。

全连鼓掌。

那是你不想接受的鼓掌。

他们在几个世纪前就治好所有性病(Venereal Disease),但他们还叫我们 VD 小子,这个缩写可以是非常绝望(Very Desperate),残疾退伍(Veterans Disabled),两腿间的那个地方(Vaginas & Dicks),轻如微尘(Vapor Dust),不过我最喜欢的还是:死透了(Verily Dead)。

人们需要一个连队来摆出光荣进军的样子,多拍一些好照片。那不是我们。那是阿尔法连(A连)的男孩和女孩们要干的事情。所以他们认为自己是垃圾,因为他们要负责这种摆拍任务。要让公众觉得他们的目标最可怕,任务最艰巨,但他们一定会拥有关于目标的全部情报,而且我们必须确定那是能够打赢的战斗。优秀的棋手只有在确定能够吃掉对方两个子又不会有损失的情况下才会派出王后。所以那些功绩最高的人、光彩夺目的人、方下巴的人,那些王牌和冠军们,他们会得到最好的装备、最强的空中支援、最大规模的炮兵配合和最丰厚的预算,他们永远都能把虫子干掉。

查理连(C连)几乎连拿枪的资格都没有。他们从登陆舰上跑下来的时候,随处乱挥的枪管会逼得你立刻匍匐在地上。

中间的就是布拉沃连(B连)。他们是可以消耗的。他们知道自己在做什么,却不知道面前的敌人有什么弱点。B连应该得到两次鼓掌。

长官,是,长官!长官,该死的,没错,长官!长官,瞄准我开火,长官!

在B连,我们只能先行动再思考。我们在困惑和阴霾中杀出一条血路。我们不是能都杀出来。但在某个地方,会有一支笔落在纸上,写下一个骄傲的签名,一位父亲将手按在一个年轻人的肩膀上,我们就有了新的力量。那支笔划过纸张的声音最后变成了我们集体扣枪的声音,是我们在枪膛中放入的又一颗子弹。那个孩子被发射出去,希望能够击中什么。如果他能够先击中三个敌人,再被装到袋子里送回家,那么这个数字看起来就很不错。那位父亲会得到他的勋章。只是已经没人会佩戴它。它会被放在壁炉架上。到了节日,人们会向它举杯祝酒。曾经把孩子高高举起的手,现在只能举起酒杯了。

我在梦中看到过这一切,每天晚上都能看到。弹片似乎来自地面。当动能导弹击中地面,大地就会喷吐灼热的死亡。土坏爆发,一团尖叫的金属飞向不幸的人们,让毁灭抓住他们的肢体和生命。

我在梦中看到那些男孩和女孩,那些兄弟姐妹。我看到了残缺不全的身体。我看到了我最好的朋友汉克,他最讨厌我洗澡的时候小便。但在梦里,他站在我面前,自己把裤子都尿湿了,却目瞪口呆地看着我。就好像如果他还有四肢,他一定会满不在乎地耸耸肩;就好像如果他还能到处去撒尿,那么这个宇宙一定会是个有趣的地方。

"……只需要一只快手。"

是的,我们都需要一只手。钛合金、碳纤维、神经整合。五百度到十二度的冷热敏感。比真的还好。每个人都需要手,还有腿,还有新的结肠。我有一半还是我的,还有一个该死的分号。我站在课堂上,一丝不挂,菲斯特老师在问我语法问题。我尿了裤子,孩子们都在笑。到处都是枪口,把泥土和弹片射进教室。孩子们笑着死去。我记得分号的规则:它两边的句子必须是完整的。完整的人。整体。他们已经不多了。

"你在听吗?"

我在听。我集中了注意力。我不知道发生了什么事,但我集中了注意力。我呆呆地接受了这一切,猜测我旁边的人知道自己在做什么。所以我会跟着他做。还有人在跟着我。

"挖子?嗨?士兵?你在吗?"

我在睡袋中醒过来。上面的舱里传来一阵嘹亮的噪音。蟋蟀把头靠在我的胸前,轻轻地打着呼噜。当我眨动眼睛摆脱噩梦时,她动了动,用半睁开的眼睛瞧着我。"该死,"我说,"起来,要起床了。"

我爬出睡袋,蟋蟀想要阻止我,她的头足有一吨重,一只爪子还搭在我的胳膊上。我光着身子跑到梯子前,爬了上去,膝盖撞上横档,让我骂了一句。抢过麦克风,我有点喘不过气来,但还是着急地说道:"喂——喂?嗨,我在。什么事?"

我咽了口唾沫,呼气,又深深吸了一口,然后才记得加了一句:"完毕。"

"你没事吧?"克莱尔问我。

"我?没事,"我又吸了一大口气,"我很好。有什么需要?"

"该死。我把你吵醒了,是吗?这里几点了?我还在用休斯敦时间。该死,我总是用休斯顿时间。明早再来找我好吗?你的早晨?结束。"

我可以永远听她这样唠叨下去。只有当船只偶尔在这里经停的时候,我才能和商人或者矿石拖船的船长聊天。他们会向我提供体育比分和战争的最新消息,但那些话听起来都差不多。而现在,有一个就住在我隔壁的人,她会在这里睡觉,在这里醒来,距离我只有一百千米。

"不,我已经醒了。"我向她保证,"有什么可以帮忙的?"

这一次,我穿上了自己最好的衣服,还涂了脸。我摸了摸自己光滑的皮肤,又闻了闻腋窝。

"我需要你用你的重力波发射器给我做一次全面清扫。我一直在试着校准这只桶,但这里的碎片太多,我没办法清理噪音。"

是的,碎片。那都是我的错。是我干的,抱歉。

"好的,当然,"我说道,我有些失望,因为这件事我在这里就能做,"没问题。"我来到控制台,把重力波发射器的能量脉冲推到最高。当两层舱室以下的巨型电容开始充电时,灯光都变得昏暗。我试着想象克莱尔站在那里,看着自己的控制台,等待我的行动。我看到她穿着运动裤和背心,把头发扎成马尾辫。几根松散的发丝垂在她的耳后。那是红色的头发。铁锈的颜色。

"准备好了就告诉我。"她说道。

当"脉冲准备"的灯变成绿色时,我拨动了它下面的金属开关。这时我有一种眩晕的感觉,就好像下面的重力面板又在发疯。不过这只是一阵让我感觉舒服和麻木的重力波,就像我把头靠在重力发射器上的时候一样,当然,现在这种波的能量比平时要强得多。灯光变成红色,很快就熄灭了。蟋蟀朝我咕噜了一声。

"看起来不错,"克莱尔说,"非常感谢。如果附近有酒吧,我就请你喝一杯。"

我盯着手中的麦克风。又看了看蟋蟀,还有信标的通道和远处装载重力波发射器的功能端。我知道我不该这么做,但我已经决定了,所以我按下麦克风。

"我有更好的东西。"我说。

# 第二十三章

克莱尔正在对接环那里等着我。救生艇外门刚一打开,我就想到她将第一次看到我,没有头盔的遮挡,她会看到我蓬乱的头发,还有我憔悴的脸。

不管她在想什么,她还是设法挤出一个微笑。我脸颊在抽筋,似乎在暗示着我不要笑得那么厉害。

"信标温暖的礼物。"我说着拿出一只黑色塑料袋。

克莱尔疑惑地看着那只袋子,但还是接受了它。一段红色的电线缠住了袋口。这是装空气滤棉的袋子。我本应该把它们扔进回收站,不过蟋蟀喜欢在舱室里拍打它们。

"如果这是酒,我想知道你是从哪里弄来的。"她说。

我看着她拧开电线,打开袋子,伸手进去,拿出一罐WD-80润滑油。

"这东西有多少都不会够,"我说道,"我注意到上次我来这里的时候,空气循环风扇有一点'吱吱'声。"

她笑着说,"你可真好。"这句话像一记膝盖顶在我的肚子上。

"是的,嗯。"我笨拙地指着那个罐子,"这可是一罐好年份的润滑油。"

"这应该比啤酒好吧?"她问我。

"哦,不,我只是想给你带点东西。那个……嗯,可以跟我来吗?"

我从她身边走过,她关上了我身后的气闸舱门。我先爬上梯子。这一次,这个信标的崭新靓丽给了我同样沉重的打击。我猜这两个信标就像它们的居住者。一个是完美的。另一个被严重毁了容。

在指挥舱里,我把头伸到通往重力波发射器的长管道中,伸出手臂做了一个游泳的动作,然后纵身一跃,跳入管道,稍微旋转一点,这样我可以让管道的着力点在我的上方和下方,而我的两侧都是光滑的舱壁,我的指尖擦过管道表面,将身体保持在中央。到了管道另一端,我被重力吸引,落到地上,转身等待克莱尔。她就在我身后,上下颠倒着在空中滑翔,她愁眉苦脸的样子和我的笑容很相配。

她抓住管道边缘,稳定身体,调整好姿态,然后降下来,就像一名炮手进入她的坦克。这个小舱室对两个人来说有点挤。还有蟋蟀。不过不用担心她进不来。她一下子就蜷伏到了我的大腿上。有蟋蟀在这里,我觉得很舒服。气氛也一下子变得亲密起来。我有些怀疑这才是我带她来这里的原因。然后我终于想起为什么要带她来这里。我挪了挪身子,背靠着重力波发射器坐下,拍拍身边的栅栏地板,"坐下。"我真的已经习惯这样和蟋蟀说话了,"如果,呃……如果你愿意的话。"

她坐到我身边。

"我不知道它是怎么做到的,不过你只要把头枕在这个圆顶上,放松下来,你就能感觉到,就像是喝了一杯威士忌。"

我们就这样坐着,平稳地呼吸,吸气、呼气、吸气。星星不眨眼地透过舷窗看着我们。

"感觉到了吗?"我问。

克莱尔一开始没有回答。

"是的,"她悄声说,"我……我想是的。"

我们这样坐了几分钟。和一个陌生人坐在一起,一言不发,时间仿佛停住了。我感到一种美妙的麻木爬进我的骨头,我的大脑放松了,话从我的嘴里蹦出来,就像士兵从战壕里冲出来一样。

"你在成为调校师以前是做什么的?"我问道。我觉得她是一名工程师,可能负责维护或者装配工作。就是那种书呆子会干的事情。

"像你一样,"她的声音有一点宁静和悠远,"在军队里,打过两场仗。"

我试着想象她在战壕里的样子,但没有很成功。她太干净,太纯粹了。

"我是在德尔斐以后入伍的。"她说。

"是的,"我回应道,"我相信那时候有很多人参军。你参加过什么行动?"

克莱尔没有回答。

话一出口,我就恨死了自己。就像一个将军一边为自己发出的命令感到后悔,一边看着他的人离开战壕,朝错误的方向冲去。如果她没有参加过任何行动,那我的话就像是在评判她;如果她有,我就是在勾起她心底最不愿面对的回忆。

"我参加过雅塔的推进,"她的声音很安静,"A连,第二排。"

不要,我心中想,该死的不要。

"我们被困了三个星期。他们快把我们炸光了。然后有一个班的人不怕死地冲进巢都,要把那里炸成碎片,然后……"她久久地看了我一眼,眼神很冷,"我相信接下来的事你都知道了。"

我当然知道。每个人都知道。但我能想到的只有:不要是她。尽管我知道这不是什么很大的巧合。所有A连和B连都在那里冲锋。在我离开退伍军人管理局以后,我在地球上又待了五个星期,不断有人走过来和我握手,感谢我,说我救了他们。当他们热泪盈眶时,我会点头,告诉他们没有必要如此。我只是在做我的工作。谎言不断从我的牙齿间流出来,我不停地对他们讲述同一个该死的故事。一遍又一遍,直到我自己几乎都信了。

"我没办法把你当成军人,"我低声说,我的声音有些嘶哑,"你感觉……太好了。"

"是的,"克莱尔说,"我们都不是。"

"你没有带奠基酒来,不过谢谢你的润滑油。"我登上救生艇时,她微笑着对我说,"我相信,只要我让这只桶运转起来,这些油迟早会派上用场。"

"没问题。"我说。

这种感觉很像是一场约会结束了。就像她送我上车。一点遥远得早已被遗忘的生活气息飘扬在我们周围。就像你在湖中游泳时不知从哪里冒出一股暖流,或是阴天里的一缕阳光,车管所柜台后面那个女人的微笑,让人感到意外又明媚,喜悦得令人吃惊。

"嗨……"我转过身的时候,她又说道。

我转回头。她要吻我吗?我们都是士兵,性对于士兵就像撕开军队口粮袋一样随便,平平常常。但我不希望它还是那样平常。

"你有什么需要吗?"她问道。她的眉毛拧在一起,脸上全都是忧虑的纹路。

"比如什么?"

"嗯,我只能在这里待上几天……"她抬手用拇指朝她的信标戳了戳,"……然后我要回休斯顿做一个简短的汇报。如果你的23号需要什么……"

我笑了,"如果我真的想要什么,休斯顿还真的搞不到。再说,他们的工程师几个月前刚来过这里。那帮人只是让这里变得更糟了。他们一走,那些重力面板就开始折腾我……"

"该死。真的吗?"

"当然是真的。所以别让他们来帮我。我很好。"

"好吧。"

一种怪异的气氛凝滞在我们周围。她要问的肯定不止这些,只是她太善良了,问不出口。

"好吧。"她又说道。

我认识她的这种眼神,这种担忧。我知道她在想什么。她又想说什么。

如果你需要找人聊聊……

好像谈话真的能解决一切问题。好像话语真有那样的力量。我摸了摸脖子上的石头,知道有人能听我说话,无论我说多少,只是没有人能够理解。

"再见。"我说道,然后在我把事情弄得一团糟之前转过身去。

"好吧。"克莱尔说,好像她明白了。

只有在舱门"嘶嘶"地关上之后,我才听懂了她说的话。几天后回休斯顿。就是这样。只是冷水湖中的一丝温暖,一缕阳光,一颗星星眨了一下、两下,然后就转开了。死亡有时并不需要很久的过程。

# 第二十四章

在我的第一次地面战役快结束的时候,我已经是个混蛋了。我曾经对自己说,我永远不会变成那样。我记得当我失去翅膀,加入第一支联队,被放到战壕里,我曾经怎样向已经在那里待了很多天的人介绍自己。他们不和我握手,也不说他们的名字,只是简单地要我"滚远点。"

我叫他们混蛋。他们走开时,我会悄悄这样叫他们。后来我才知道,这次交流并不只是表面上看起来的那样简单。如果你握了足够多的手,结识了足够多的人,却在战争中失去了他们,你就会不想再认识任何人。现在回想起来,我才明白那些混蛋是怎样用最快的速度让我有可能活下去——他们对自己是谁只字不提。可以用来交换的名字只应该是家乡的州、城市,或者你最喜欢的球队,还有令人难堪的绰号。那些混蛋不讨厌你,他们只是不想和你产生感情。我开始变得喜欢这样。我不想再认识另一个汉克。我想这就是为什么在我的两次半的战役中,他一直都是我最好的朋友。我从来没再让别人离我那么近。那两个星期已经够痛苦了。天哪,在斯嘉丽之后,我也再没有把性和爱搞混过。我一直以为这两件事是有关系的。但是,性和死亡变得这样接近,让人感觉自己就像是在和一具尸体做那种事。这让其中的乐趣也没有了。每次你有不快乐的性爱时,你的内心都会死去一点。神经元会在手术中被修剪。美好会枯萎。有些东西永远不会长成原样。

所以,在接下来的两天里,我只是盯着高频通讯器而不去拿起它。我太想保护自己,却又舍不得走开。于是我决定不再去了解任何关于她的事情。我能感受到她离开时的苦恼,但她会去另一个崭新的信标,请其他人递给她一个螺栓。我还记得她皮肤上肥皂和油脂的气味,她会与其他士兵在一起,留下一串精心调整过的机器和破碎的心。这让我不仅为自己感到难过,也为其他孤独和不幸的老兵感到难过……

"嗨……"

蟋蟀从毯子上抬起头,盯住梯子。这是怎么回事?到底是怎么回事?

看看气闸舱指示器,我能看到布拉沃对接环得到了充能。谁会这样不请自来?我朝梯子走过去,又后退一步,再次走过去,双手叉在腰间,蟋蟀从她的毯子上站了起来。

不等我伸手去拦,这只沃森已经朝梯子跳了过去。

"该死!"我在后面追她,"停下!等等!不!"我忙不迭地叫喊着,但没有任何用处。我几乎是从梯子上直接跳了下去,一边在地上翻滚一边伸手去抓蟋蟀,但她已经跳到了下一层。我来不及穿上裤子和衬衫,身上还是只有我的四角裤。当我沿着梯子跳到到生命维持舱时,我听到下面传来一声尖叫。真的是一声尖叫。我再跳下去的时候,发现克莱尔正仰面躺在地上,蟋蟀的爪子放在调校师的胸口,把她按在栅格地面上。

"下去!"我叫嚷着把蟋蟀推到一旁,为此还不得不跪在地上。蟋蟀再次试图接近克莱尔——我不知道这是为了迎接克莱尔还是要明确她才是这里的主人——不管怎样,我奋力阻止了这个外星生物。克莱尔逃到空气净化器旁边,用膝盖抵住下巴,大张着嘴,睁大了眼睛盯着这只动物。

"对不起,"我坐下来,向克莱尔伸出手,"非常抱歉。"

克莱尔什么都没有说。我命令蟋蟀后退、躺下、放松,她的肌肉终于不再紧紧绷住了。她开始在我的另一边来回踱步,但眼睛始终盯着克莱尔。我不停地指着栅格地面,要她躺下,心里也在想着她必须躺下。她终于躺下了,但还是伴随着一阵咕哝,好像她更愿意做一些别的事情。

"上帝啊,我很抱歉。"我说着,伸手去摸克莱尔的小腿。我还记得上次碰到她脚踝的时候,她被吓了一跳。这次她的反应好多了。

"这到底是个什么鬼东西?"她问道。

"一只沃森。"我回答道。从冲下来到现在,我的气还没喘匀,我揉了揉不久之前扭伤的脚踝,"我……应该说是她收养了我。"

"这是……"克莱尔目不转睛地盯着蟋蟀,又用手指指她,"这是违反规则的。这……你不能养她。"

"我知道,"我说,"我知道。我已经把这个工作搞砸了。这件事你可以让我来。我知道。如果你愿意,我们可以用量子隧道联络休斯顿。"

说完这句话,我几乎松了一口气。原先我以为自己会一辈子都在这个桶里工作,但现在我已经开始确信自己随时都有可能被解雇。从我和斯嘉丽一起对抗赏金猎人开始,我就有了这些想法。但唯一知道当时真实情况的只有那个把斯嘉丽尸体拖走的赏金猎人。很明显,她什么都没说。但有蟋蟀在,一切都只是时间问题。当他们进行食物补给时,他们会发现这里情况不对。航空航天局会清点每一根100美元的螺栓。他们不会忽略食物的异常消耗。不过,现在他们就会知道了。游戏结束了。

"这到底是个什么?"克莱尔继续问道,当我正在考虑要在哪个偏僻的星球上退休时,她似乎刚刚从震惊中恢复过来,"狗?猫?"

"都不是。"我说。能看出来,她已经不再害怕,而是对蟋蟀产生了好奇。就像是一名已经见识过炮轰的士兵,知道什么时候该躲起来,什么时候可以出来,四处转转,看看谁需要帮助。

我冲蟋蟀打了个响指,她立刻像一盘弹簧似的蹦了起来。她会一直躺着只是因为我要她躺下。她又朝克莱尔扑了过去,还差一点把我撞倒。然后她用两只爪子抱住克莱尔的脖子,开始舔她的头发。

"下来!"我说道。

"放轻松。"克莱尔告诉这只动物。

看得出,克莱尔能掌控局面。她一拧身子,把蟋蟀仰面朝天压倒在地上。根据我的经验,要压住这只沃森并不容易。蟋蟀的身体紧绷着,但当克莱尔找到她肚子上的那个点时,她的腿立刻软了下来。

"她喜欢这样。"我说。

"谁不喜欢呢?"克莱尔反问道。

我们凝视着对方。

这是我最不希望发生的事,该死的,最不希望发生的。

"你来这里到底又想要干什么?"我控制不住自己。她的善良让我感到愤怒。她就这样把善意推到我面前,像是在挥舞一面旗帜,逼迫我不得不注意到。

"你这个混蛋。"她说,但她只是揉着蟋蟀的肚子,我们在战壕里都这么说话,士兵的怒火就和士兵的爱一样说来就来,说走就走,"你说过,这桶快散架了,我想过来看看能不能帮上忙。但我想坏掉的可能不是这只桶。"

"你到底是什么意思?"我问。

她低头看着蟋蟀,蟋蟀闭着眼睛。那一阵阵低沉的咆哮如果不是太让人感到不安,我倒是很愿意说她正在打小呼噜。

"你说得对,"她说,她拍了拍蟋蟀,然后抬腿站起来要走,"祝你一切顺利,大兵。"

"等等,"我去抓她的手,尽管我并不了解她,尽管我和她一起待了只有四个小时,尽管我在这三天里什么都没有想,"我很抱歉。"我年轻的时候,经常会说不出这几个字,直到现在我才知道它们的价值,它们真正的价值,还有把它们说出来的感觉有多好,"只是……"

"什么?"她问我。她站在那里,我的手抱住了她的腰。她在低头看着我。蟋蟀在看着我们俩。

"只是……"

我摇摇头。

"你不想对我有感觉,因为你害怕我会离开?"她问。

我转过身去,眼泪涌上来得太快,我什么都看不清,也咽不下哽在喉咙中的那口气。我擦了擦眼睛,满心羞愧。

"你真该死,士兵。我们都会离开。我们每一个人。你经历了很多麻烦。你选择远离那些可能离开你的人,选择远离你自己。所以我们全都走了。你这个该死的,就不能找个人把自己敞开一下?哪怕只是为了你自己。"

蟋蟀的头靠在我的腿上,抬起眼睛看着我。克莱尔也正低头着我。我是夹在两个柔软身体之间的石头。

"你以为我不疼吗?"克莱尔问道,她捏了捏我的手,不知怎的,她反而握住了我的手,"看着我。"

我抬起头,不情愿地看着她,泪水顺着脸颊滚落。她掀起身上的衬衫。在她运动裤的腰带上方,一片网状的伤疤露了出来——那是一片蕾丝一样的皮肤,缠绕着她的整个腰部。我看看她的脸,发现她在看我暴露的肚子。我又转回目光,端详她的伤口。我真是个混蛋。我以为只有自己是那个独一无二在受苦的人,以为世界上所有痛苦都是我的,以为其他人都是纯洁的,只有我自己是破碎的。只有我知道痛苦,在承受痛苦。如果有一样东西,你以为只属于自己,别人都不拥有,你又该怎样找人分担它?为什么我们都要这样对待自己和他人?为什么我们就不能像人一样痛哭呢?

在那一刻,我哭了起来。和这个女人做爱的诱惑消失了。爱她和与她共度余生的诱惑也消失了。我所梦想的美好事物都已远去。剩下的只有厌恶、恐怖、残忍和痛楚。

我身上还剩下的最后一点自负——当我像个孩子一样放声大哭时,我心想:"从来没有人哭得这样厉害。"这是我最后一次觉得自己独一无二。最后一次。因为我刚一想到从来没有人哭成这样,一个女人就把紧紧抱住了我,一个陌生人,一位姐妹,一个和我一样受伤的人,一个孤独的爱人。她让我知道,我并不孤单。我们哭得好像宇宙就要毁灭了一样。

# 第二十五章

那以后,她轻轻抚摸我的头发,让我有一种奇异的熟悉感。还有她看我的眼神,她凌乱的头发,她红润的面颊,都让我感到了这种熟悉。她一定也有同样的想法,因为我也想要像她一样地问:

"你感觉好些了吗?"

我们全都笑了。是那种最美好的笑。"这到底算是怎么回事?"我问道。因为我们除了抱在一起痛哭以外,什么都没有做。

"这叫感情,士兵。很高兴看到你还能这么做。"

她说这话的方式有一种吓人的临床医生的味道。她把我的头发捋到耳后。我的头发长度肯定已经超标了。我忍不住想,也许她被派来这里不只是为了调节一个信标。不过这种想法实在是有些偏执,还是残存的自我中心主义在作怪。十亿星辰正隔着深不可测的太空凝视我,但不是宇宙让我明白了自己有多么渺小。是这个完美的人掀起她的衬衫,提醒我,没有人是完美的。我们都有自己的故事、遗憾和软弱。她做到了天文学做不到的事。也许我也应该在这个该死的时候做些什么了。

"我不想让你离开。"我说。

她点点头,"我知道。"

蟋蟀在睡梦中叫了一声。我们一哭完,这只沃森就倒头睡过去了,好像她也累坏了一样。我想,也许沃森真的有移情能力。

"遇到我,你高兴吗?"克莱尔问。

"当然。"我丝毫没有犹豫。

"这就好。"她说。

我抚摸她的手臂。我想记住她的感觉。我把她空着的那只手拉到唇边,亲吻她的手背,感觉到她握住我的手,向我表示同意,我用鼻子深深吸气,想记住她的味道。

"你以前这样做过吗?"我问。

克莱尔笑了,"这种事?"

我耸耸肩。

我们沉默了片刻。

"没有,"她说,"我可能比你更需要这样。"

原来的我一定会在心中怀疑她这句话。但现在我就不那么确定了。也许她的人生道路比我更艰难。也许我可以不用再以为我的苦难有多么特殊。也许我一直以来努力抓住的那些东西不但没有防止我跌倒,还刺进了我的手里,割破了我的手心。

"如果你想要找人分担,"我说,"我就在这里。"——因为我也可以做你的肩膀。我能够倾听,而不只是闭口不言。我可以帮助另一个人。我是破碎的,但我没有倒下。

我想起了特克斯,一位头发花白的老兵,他就在我最后待过的那个班里,死在我获得勋章的那一天。我一直以为特克斯是个疯子。他是你见过的最幸福的混蛋。他们对杀戮没有什么热情,就像一些不太正常的老兵一样,他们只是很高兴自己在这一天还活着,并且还想再这样多活一天。特克斯会向每一个加入我们班的孩子介绍自己,这些少年都还像农场里刚收割的蔬菜一样翠绿新鲜。他会搂着他们的肩膀,告诉他们他的生活经历,他的真名实姓,询问他们家乡的所有情况,这样就连他旁边的我们也不得不知道一些我们根本就不想听的屁事。那些细节就像手榴弹碎片一样不断击中我们。特克斯,他接纳了每一个人,和他们成为朋友。当硝烟散去,开始进行死亡记录,他就哭得像个婴儿。我觉得他是个该死的疯子,所以才会这样对待战争。他从来都学不会我们早已经学会的东西。

但他可能是唯一一个理智的人。是我们这些外星人中间唯一的人类。他还活着。他拒绝放弃。他愿意接受那种心情的大起大落,就像发疯的重力面板,而不是丢弃重力,只留下一片空空荡荡。

我想再感受一下麻木,就微笑着对克莱尔说:"想和我一起去享受一下重力波吗?就一小会儿?"

皱起的眉头破坏了她美丽的面庞。她看起来又悲伤了,但这不是来自于她生命中的那些伤痕,而是一种夹杂着怜悯的伤感。因为她不想告诉我可怕的真相。

"你知道它没有任何作用,对吧?"她说。

不。我不知道。我不知道她是什么意思。

"重力波发射器。它不可能影响到你的大脑。"

"去他的,"我告诉她,"它可以。它能让我平静下来。只有它能够……"

她的手抚过我的脸颊,我感到了另一种让我更加安宁的温柔。我正在生气,但她的抚摸使我恢复平静。我知道我是对的,她是错的,但我没必要为此生气。只是接受就好。

"你在那里会感到平静,因为那是你唯一可以安心坐下来的地方。"她说,"你可以在那里呼吸,让自己放松。但你也可以在任何地方这样做。你只需要做出选择。只是选择。"

我摇摇头,正要和她争论。她的手顺着我的脸颊和脖子,摸到了挂在我脖子上的石头。

"这是什么?"

我把手放在她的背上。我想起了斯嘉丽,性和爱曾经是一件事。但这就是爱,就是我现在的感觉,是我最确定的感觉。无论它是否浪漫。只是人与人的,真正的爱。

"一件纪念品。"我回答。

"为了纪念什么?"

我开始思考这个问题。我有很多答案。我想选出那个诚实的答案。

"提醒我会犯错,"我最后说,"提醒我要质疑自己,质疑一切,永远都不要停止。"

克莱尔笑了。她用手指轻触我的嘴唇,然后探身吻我。她缩回身子,让我感觉时间太过短暂。然后她说:"好吧,这件事你做对了。永远不要质疑这一点。留好它。"

我把她拉到我身边,不是为了和她做爱,只是为了爱她。把美好的,不完美的,搞砸了的东西都留下,然后感觉有人也保留好这一切,与我回应。

# 第二十六章

这天,她要走了。我依靠放大的视频信号上看到补给船接近信标1529号,驾驶员试图与对接环对齐时出现了一点不稳定。在高频无线电里,我听到他宣布对接成功,固定良好。他们一定是把这些后方星区的航线交给了最没经验的飞行员。一想到我心爱的克莱尔要把自己的生命托付给这个菜鸟,我就感到不寒而栗。

"收到。"我听到克莱尔在通讯频道中回话。我记住了那个声音。在最后这几天,我们一直在交谈,直到不得不返回自己的信标;然后在晚上通过高频无线电继续交谈,直到不得不关闭通讯,才去睡觉。醒来之后,我们又会找个理由,再见到彼此。

克莱尔发现我拔掉了她生命支持舱中的二氧化碳警报器时,我向她承认,我在那里弄坏的另外三样东西,这些问题可能严重到需要她留下进行修理,但不会严重到对她造成危险。那时她脸上露出了奇怪的表情,好像她知道这太过分了,我们对彼此有了太多感情。我们仍然没有做爱,好像我们要把这个留给自己不是真的那么爱的人。不管怎样,在此之后,她就用量子隧道通知航空航天局,说信标可以使用了,要他们派操作员过来。至少,我想这就是她的决定。

蟋蟀喵喵叫着,咆哮着,用头撞我。

"我知道,"我搔了搔她的耳朵后面,"我也喜欢她。"

然后她叼住了我的胳膊,好像如果我不停止说谎,她就会咬我一样。

"是爱,"我飞快地说,"我爱她。好吧？但我应该对她说,而不是对你说。所以别再来烦我了。"

蟋蟀转身走开,绕着指挥舱转了一圈,还在呜呜叫着。

"抱歉,"我举起双手,"你想从我这儿得到什么？嗯？规矩不是我定的。我只是打破了它们。我们度过了美好的一周还不够吗？一切真的只是为了变成今天这种样子吗？"

蟋蟀盯着我。我能听到我在问自己这些问题。是我在对整个宇宙感到愤怒。

"过来。"我拍着大腿说。

50公斤重的外星生物跳到我的腿上,想办法蜷缩成一个浓密的毛团。一根尾巴在地上摆来摆去。

"说实话,我很害怕。"我告诉她,"如果安静坐着不再起作用该怎么办？如果吸气和呼气也没有用了呢？如果重力波发射器真的没有任何用处呢？如果其他一切也停止了工作,该怎么办？"

蟋蟀舔着我的手。我忽然有了一个可怕的想法。不等蟋蟀察觉到这个想法,我就急忙把它压了下去——如果我现在连蟋蟀都失去了，又该怎么办？这只动物对我就像重力波发射器、洛基和克莱尔一样，所有这些在给我带来平静之后却又都在发生变化。永久的平静会在哪里？真的有这样的东西吗？还是我们只是在永远和自己作战，就像永远在和外星种族开战？我希望不是这样。我希望世界不是这样运转的。

"信标23号，运输船KYM731。请求停靠许可。结束。"

我回头看向屏幕，发现那艘补给船已经离开了对面的信标。那里只剩下一艘救生艇。舷窗上有灯光，太阳能板上也有闪烁的光亮。她已经把那个信标调整好了。

"下来。"我对蟋蟀说。

她照做了，我拿起高频麦克风。

"查理对接环。"我一边说，一边伸手启动了电磁闩。

我在蟋蟀前面爬下梯子，再关上头顶的舱盖。我能听到蟋蟀踱步和喵喵叫的声音，但她没有表现出很强烈的抗拒。也许她能读懂我的想法，知道如果她在这里被发现，我就会失去她，她可能会在动物园里度过余生，或者被另一个赏金猎人买走，以阴暗的思想利用她。

这个驾驶员的对接技术还真是该死的不错。10分里绝对能得1分。我打开气闸舱，我们握手，作自我介绍，开了几句玩笑。然后他递给我二十多个装满补给品、备用品和食物的塑料箱，我递给他两罐不可回收的垃圾。他换给我两只空箱子。整个过程中，我一直期待克莱尔会过来帮我们一把，或者说最后一声"再见"，或者至少向我挥挥手。但我们最后一次见面的时候，那种告别太完美了，无论什么都无法替代。一个缠绵的吻，我至今依然能感觉到。一种温暖沁入我的心中，直到酒精和重力波都永远无法触及的地方。

"还有最后一样东西，"驾驶员说完就消失在船舱里。回来的时候，他的手里拿着一个黑色的塑料袋，袋口被红色的电线缠住。一滴眼泪沿着我的脸颊滚落，我没有转过身去，也没有擦掉它。我不再觉得自己有任何值得骄傲的特别之处，也没有因为自己的这种变化而感到自豪。我就是这样。我感受到了礼物的甜蜜，还有这份甜蜜带给我的甜蜜。甜蜜没什么丢人的。我隐约意识到，我内心的某些东西已经改变了。

"这东西有多少都不会够。"我说道。

驾驶员看着我，似乎觉得很有趣。我解开电线，拿出那罐WD-80，摆出一副品评的样子，"是一罐好年份的润滑油。"至少，这是一个美好的星期。

"是的，随便吧。"驾驶员说，"那名操作员要我把这个给你。我发誓，你们真的都是些怪人。"

他转身走过气闸舱。

"调校师，"我在他身后喊道，"她是一位调校师。"

他回头看看我。

"你觉得她看起来像个操作员吗？"我又问。

他耸了耸肩。他按动数字键盘，把舱门关上，一边说道："在我看来，你们都一样。"

"等等！"我说。我越过他，向运输船里面望进去。它给我们带来食物和备用物资,还有会顶替我们的人,如果我们决定离开,它还会载我们回家。我寻找她的影子,但一无所获。

"什么事?"

我向他举了举那罐润滑油。只要抹一下,一切就会向前滑动。"替我谢谢她,"我说,"告诉她我很感激她。"

驾驶员又给了我一个看疯子的眼神。

"你自己告诉她吧,"他说,"毕竟她是你的邻居。我要走了。"

⸻

我在震惊中喘了三四口气,才把驾驶员的话想明白。然后我以前所未有的速度爬上三层梯子。如果有一个为信标操作员举办的奥运会,我一定会创造银河纪录。而且这个纪录永远不会被打破。我这样一直向上猛冲,直到撞上了通往指挥舱的盖子。

我松开了固定舱盖的夹子,推了它一下,但它没有动。

"蟋蟀!"我吼道,"让开!蟋蟀!快让……!"我吃力地咕哝着,又爬上一个横档,用肩膀抵住舱盖。我感觉它上升了一两厘米,但蟋蟀挪了一下重心,盖子又落了下来。

"我发誓,蟋蟀,给我滚远点!我要上去。坏女孩!动一下!"

最后我终于把舱盖顶得足够高,让蟋蟀滑了下去。蟋蟀在舱盖落入地板上的凹槽时跳到了一旁,又在我爬上最后几级横档的时候扑到我身上,用她粗糙的舌头不停地舔我。

"天哪,"我对她说,"蟋蟀,到一边去,别烦我,不要舔。别再舔我了。我发誓。"

我一边继续向蟋蟀抱怨着,一边拿起高频麦克风,按下通讯按钮,却又放开手。差一点我就要开口说话了。我把屏幕画面切换到气闸舱的外部摄像机,看到补给船离开。不,她没有,我告诉自己。不,她没有。不,她没有。她不会的。她不会的。

在等待补给船进入该死的超维空间的时候,我一直试着说服自己,试着想象一个有啤酒肚的秃头男人正在对面的信标里,挠着脖子,咀嚼着一只蛋白质包。这才是真相。坚持住。别抱什么希望。

运输船加快了速度,从我的屏幕上消失了。

我按下了麦克风。

"信标1529?这里是信标23。听到吗?结束。"

我等待着。

没有反应。

我把画面切回到对面的信标。

救生艇还在那里,还固定在信标上。

"我在听。"

声音非常清楚。在我没有注意到的时候突然出现。就是她。我非常确定那就是她,非常确定。

"克莱尔?"我问。

"我在听。"她回答。

我深吸一口气,一只手撑在仪表板上稳住自己。蟋蟀靠在我身上。用嘴叼住我的胳膊,仿佛只要我做错了就会咬我。

"我知道。"我对蟋蟀说,"我们都知道。"

我不记得上次是在什么时候认真这样说,真心是这样的意思,完全不记得。

但我会永远记住这一次。

# 访客

## 第五部 VISITOR PART 5

# 第二十七章

我从小就痛恨星期天。从我醒来的那一刻起,我就能感觉到周一的逼近,感觉到又一个星期的学校生活将会涌来,把我憋死。当我沉浸在这样的恐惧中时,我又怎么可能享受一天的自由?当然不可能。我的胸腔和肚子里会出现一个深渊,一种难以形容的空虚,我知道应该让那里充满乐趣,但这只是让我开始四处乱逛,想找些事情做。

我知道自己应该享受欢乐,但这正是问题的很大一部分。明明知道这是一个难得的休息日,一个美好的喘息之机,我却只是陷在痛苦的挣扎中。也许这就是为什么星期五在学校还要好过星期天不在学校。那时虽然是在做着不愿意做的事情,我却更加高兴,因为知道周六就要来了;而不是在一个完全自由的周日,却只想着周一就在眼前。

我管这个叫相对周末效应。我们生活在现在,但我们的幸福很大程度上依赖于未来。我们的心情同时来自于对未来的期待和对现在的体验。就像是在军队中一样,战壕里的生活也是如此。真正刺激神经的是当下的安静,是冲锋之前要从战壕中跳出去的那一刻。直到今天，我一闻到枪油的气味就会比看到血还要晕。

也许这就是为什么我现在的感觉会像是一个醒着的噩梦，生活在银河的梦。我什么都有了。

我有自己的住所①，一个稳定的女朋友②，一只可爱的宠物③，一份薪水不错的工作④，一辆可靠的汽车⑤，宁静和隐私⑥，还能欣赏到不需要穿铅衣就能观赏到的银河系核心的美景⑦。

没错，我真的是活在了梦里。

但为什么我觉得马上就要有人把我掐醒？

━━━

商人和海盗时常经过我的区域，留下交易货物和战争的消息。一切都在改变。我现在买来的东西暴露了我正在和邻家女孩谈恋爱的事实。我从一位绅士那里买到了鲜花、一块楔形奶酪和两块巧克力，如果他保证不笑的话，我会管他叫"商人"。我还从他那里得知了发生在第八星区的第一场战斗，一场小型冲

---

①第八星区边缘一个破败的导航信标。
②她真的是一个美梦。
③好吧，有时候我觉得她想杀了我。她就像是拉布拉多犬和豹子的混血种。我很肯定她能读心。
④老实说，我都不知道这里为什么需要我。
⑤如果你把航空航天局的救生艇叫做"汽车"的话。它能让我往返我女朋友家和自己家。不过开起来的感觉真是一团糟。
⑥在太空深处，没有人能听到你的哭泣。
⑦看看那一片空无。你能感觉到它也在看你吗？

突,就在银河系的这一臂,离这里只有几光年。我可以想象那里的情况,我自己也经历过几次战机狗斗。一艘雷荷侦察巡航舰与一支从主舰队分离出来的探索部队相遇。相互射击。一艘小型海军舰艇坠毁。不过是这场战争的又一个受害者,战争双方都为此承受了数十亿美元的损失。

随后,太阳系海军办公室里的某个职员记录下这场战斗,并通知了牺牲者的父母,将已知他们的儿子或女儿的原子最后所在位置告诉他们。那个职员,或者那对父母,或者是某个勇敢的记者注意到,从技术上来说,这艘飞船刚刚越过了一条人为划定的线,也就是从技术上来说,战争已经进入了第八星区,从技术上来说,这意味着银河系现在已经彻底完蛋了。

所有全息屏幕上都是喋喋不休讨论战争的人。年轻的男男女女聚集在招募中心外,挺起胸膛,签下他们高尚的死亡证明。第八星区的三十二个永久和半永久世界都震动了。第二和第三星区开始投票反对鸽派,支持鹰派。地球上的每个人都想知道什么时候会轮到第一星区投票。其他星区也在想着同样的事。

与此同时,雷荷部队一直在进军,战火越来越近,没有人能够阻止他们。

当我带着巧克力和鲜花到对面的信标去约会时,我仍然是欢乐和愉快的。在第八星区的边缘,今天是周日,是休息的一天。但我不知道谁能真正地休息。

## 第二十八章

我已经记不起自己确切是从什么时候开始约会了。但是克莱尔是一位很有耐心的老师。是她让我想起可以怎样在别人的陪伴下哭泣,这是一件需要学习的大事。作为一个在田纳西州长大的男孩,你学会的是永远不要在别人能看到的地方哭。哭是软弱的表现。当我们还是孩子的时候,我们的眼泪只会让我们周围的男孩勇敢起来。

在军队里,情况就不同了。你还是会找个地方独自哭泣。你不会害怕兄弟姐妹的怀抱,但是在军队里,眼泪会让所有人都害怕。你不想让软弱扩散。眼泪是会传染的。

我看见我的父亲哭过一次,只有一次。不是在我去打仗的时候;不是在妈妈去世的时候;不是在我哥哥泰瑞斯从康复中心出来,我们都从他的眼神中知道他不会再喝酒的时候;也不是我们的妹妹雪莉嫁给了赛弗斯的一位军官,我们知道如果每隔一个节日能见到她一面就已经很幸运的时候。在这些时候,我都觉得自己要爆炸了,但我不得不将自己的悲伤或者欣慰锁在心里,直到独自一人回到房间,才会把脸埋在手中哭泣。

我爸爸和我不一样。不，我唯一看到他号啕大哭的那一天，他踩下老拖拉机的离合器，但刹车线却断了，不等他再次挂挡，拖拉机自己退到山下，我们的狗发出一声闷哼，她总是跟得太近，然后她就走了。

我从没问过爸爸为什么会在那时候哭。那时妈妈已经去世，雪莉在赛弗斯，泰瑞斯戒了酒，我也已经入伍，完成了新兵训练。在发生了所有这些事以后，他站在那里，手里捧着他的狗，她已经老了，度过了这个星系中任何一只狗都会梦想的漫长而悠闲的一生。她的毛发已经发白，眼角也总是带着黏液。她没有受什么苦，而且刚刚正在做她最喜欢的事情：跟着我的爸爸在农场四处乱跑。

我看着父亲哭了半个小时。那是我出征前两天。我走到他身边，站在那里，与其说是难过，不如说是感到震惊和困惑。我是说，我爱那只狗，但我更爱我爸爸，我不知道该怎么做才能安慰他。海军刚刚教过我如何把一架在大气层中做水平螺旋的星际战机拉回到行星轨道，但没人教过我如何用手臂搂住我那哭哭啼啼的父亲。从没有人。

我退到门廊里，从那里看着父亲。过了一会儿，我感到很生气。他从没为我那样哭过，一次都没有。也没有为妈妈、为雪莉、为泰瑞斯这样哭过。

我觉得我的愤怒已经憋得太久。我一直不明白父亲为什么会哭。直到克莱尔告诉我可以放开自己，当我放开时，我发现自己在为一切哭泣，为每一个人。甚至我也有一点为了自己。

我真希望自己在那一天能知道爸爸都经历过什么。我恨他为错误的事情哭泣。但我现在明白了,他是在为了一切而哭泣。他在为我哭泣。因为我要去打仗,因为他可能再也见不到我了。

我猜那天断了的刹车线不仅仅是让那只小狗的脊椎被压断。我父亲一直以来维持自己坚强外表的东西也在那时断裂了。我能感觉到。是他胸腔深处的某种东西消失了。就在跳动的部分和呼吸的部分之间,断裂就发生在那里。要把它们维系在一起,你需要一个在乎你的人拥抱你。我的父亲需要这样的拥抱。他在那天需要它。不是我在出发那天给他的那种敷衍而又无力的拥抱。他的小狗去世的那天才是我真正应该上战场的日子。那天我父亲真的很需要我。我却坐在门廊上,对这个世界感到愤怒。

我想,这就是我的人生故事:总是出现在正确的时间,正确的地方,然后什么也没有做,只是待在门廊上,坐在祖父的摇椅中,或者在战壕边上某个安静舒适的地方,将滚烫的泪水洒在那里。

所以这是我从克莱尔那里学到的东西:哭泣并不仅仅是打开一些私密创伤的闸门,将其释放出来——哭泣同样是为了让你周围的人知道你的伤痛。我们的眼泪有它们的目的,但我们很少让它们发挥作用。我不知道我们如何开始破坏它们的作用——也许是中学时遭受的欺凌,或者是父母告诫孩子不要哭,因为这让他们在公共场合感到尴尬——我只知道,消除束缚自己的羞耻感需要一点勇气,如果有别人试图摆脱这种羞耻感,你就应该陪伴在他们身边。等你感觉到它的消失会让你变得多么健康，这一切就容易多了。

当我沉思这些事情的时候，信标1529号充满了救生艇顶盖的视野。我转向一旁，停靠在通向气闸的电磁对接环上。这次我得了10分。我一打开舱门，蟋蟀就跳进气闸舱，去找克莱尔了，克莱尔从生命维持舱里喊着要我们上楼去。航空航天局在建造这些梯子时肯定没有想到男朋友会拿着鲜花、巧克力和奶酪爬上去。我只能用肘部抵住横档，有时甚至还要用到下巴。在上面，蟋蟀的尾巴愉快地拍打着泵机、发电模组和塞满模块的各种机器。

"甜心，我到家了！"我喊道。

我在全息喜剧中听到过这种台词。克莱尔每次都会被这句话逗笑。就好像她真的能想象我们俩一起在某颗行星上，住在一个家里，拥有一段正常的生活。我刚把头探出栅格地面，蟋蟀就转过身来舔我的脸。如果我的沃森能像我猜想的那样读心，她一定知道我有多讨厌这样。但她还是会这么做。也许她讨厌我，所以才会这样做。

"不要这样，"我对她说，一边用百合花、苹果豆、蝴蝶兰和其他三种档案中没有列出的外星品种挡开她。我把花递给克莱尔时，克莱尔兴奋地转了一圈。其中一颗苹果豆坏了，它斜着身子，好像放弃了生活。

"给我的？"克莱尔问道。她擦了擦额头上的汗，举起花闻了闻，试着把那颗受了打击的小苹果弄直。

"是的,我相信它们都是无毒的。"我说。

她探身来吻我。她的嘴唇上都是汗水,尝起来又油又咸。"它们好漂亮。不过你的信标正在接受隔离史上最严重的隔离。你把这些拿回救生艇吧。我可不想让螨虫在这里乱跑,或者是蟑螂。"

"商人说它们是干净的。"我抗议道。

克莱尔看了我一眼。我给她看巧克力和奶酪。克莱尔的眼神没有变。就像我说的,我不太擅长约会。

"我要把蟋蟀也放到气闸外面去吗?"我问,"她可能生了跳蚤。"

蟋蟀冲我低吼。克莱尔抓了抓外星生物的耳朵后面,以前我的指挥官向我下达命令时,就会用这种眼神看我,因为我的指挥官知道他的命令既不合乎道理,又和他的上一个命令相矛盾。"无论可爱的蟋蟀造成了什么伤害,都已经造成了。"她说。

蟋蟀转过身来,扬起了头,好像她根本无法想象自己会造成哪怕一盎司的伤害。我离开她们两个,把花和其他违禁品放回到救生艇上。我回来的时候,克莱尔正在用抹布擦手,把工具收起来。我又吻了她一下,然后到厨房去安排晚餐。

我们很多的日子都像是这样,在平凡的笑声中,许多和全息喜剧一样无聊的小片段。很多人都期待会有某件事发生,某个真正的喜剧或悲剧,但实际上这样的事情很少发生。它很少发生,但你仍然可以感觉到它的到来。

# 第二十九章

"开着的还是关着的?"克莱尔问。

晚饭后,克莱尔和我坐在引力波发射器旁,也就是导航信标的工作端舱室里。我静静地坐着,集中精力思考该如何回答。我到底有什么感觉?紧张吗?还是沮丧?醇美?满足?我想把它搞清楚。我想证明它。一个多星期以来,我一直都想证明它。

我把头靠在重力波发射器的圆顶上,过去它总是让我感到放松。我现在要猜克莱尔有没有关掉它(是的,我们只在没有船只通过的时候才这么做)。她会记录结果,不过她还没有告诉过我,到目前为止我的表现如何,她不想让我得到任何反馈。克莱尔说重力波发射器对我大脑的影响全都是我想象出来的,她说当她坐在这里的时候没有任何感觉。但我知道我的感觉。

"是……开着的。"我给出了回答,"我觉得是。我确信。"

"你怎么确信?"她在她的平板电脑上做了记录。

"是……这里有一些因素在影响我。"

"比如?"

"你。"我对她说。这是真的。在她身边,我能感觉到自己的脉搏跳动得更慢了，呼吸变得更深沉、更放松，我的四肢也不再颤抖了。

克莱尔俯下身，吻了吻我的脸颊，对我说："我想今天就到这里吧。"

"我考得怎么样？"

她只是冲我笑。好像我应该知道似的。蟋蟀把头伸到我手上，提醒我已经不再挠她了。我继续给蟋蟀挠痒。"我发誓我能感觉到区别，它开着的时候我就知道。那让人感觉很舒服。"

克莱尔把平板电脑收起来，深吸了一口气，好像在思考什么。然后她转向我，神情突然严肃起来。"我相信你，"她说，"是的，我开始相信你了。我只是好奇这真的是重力波的作用吗？或者是其他什么东西？"

"比如……你认为这都是我的幻觉？"我摸了摸脖子上缀着的石头。自从猎户座飞船的货物在我的小行星带中溅射成一万亿块碎片以来，我对现实就相当没把握了。我想我应该说，要比正常的时候更没把握。

"我不知道。"克莱尔咬住下唇，"我想我只知道这种鬼东西的作用范围，还知道它们经过了严格的测试，以确保它们不会产生任何生物效应，否则我们就不会让操作员在它们运转的时候到这里来，更不会让你们靠近它们……"

"也许是我有什么问题。"我说。

克莱尔点点头，"也许吧。"不知怎的，当我想要钓一点赞美或安慰时，她却错过了我钓竿上那再明显不过的鱼饵。或者见鬼——我承认自己的脑袋确实可能是出了问题,虽然这不是什么痛痛快快就能说出口的事。

然后我仿佛被一颗破片手榴弹砸中了,只不过它的引信延迟被设置到最大。我终于明白,克莱尔把测试结果告诉了我,她承认我基本上是对的。

"这么说我的成绩还不错?"我问她。否则,她为什么会担心我?

克莱尔咬着嘴唇。

"有多好?我做错了很多吗?"

克莱尔瞥了一眼她的平板电脑。她又开始咬嘴唇了。除非我答对的次数超过了统计学的一般水平,否则她不可能担心我出了什么问题。我伸手去拿平板电脑。"我可以看看吗?求你,给我看看,克莱尔。"

她看得出来,这对我很重要。蟋蟀舔着我的手臂。我探过身,从克莱尔怀中拿过平板。克莱尔没有阻止我。电脑屏幕上有一个电子表格。我向上翻了翻,看到了我们过去晚餐约会时所有的对勾,又花了一点时间才想到应该还有"✘",这上面根本就没有。我每次都是对的。

我感到如释重负。我可能是疯了,但我没有错。我一直都知道重力波发射器会扰乱我的思维,我也一直认为它会扰乱每个人的思维,但克莱尔真的让我有一段时间觉得自己错了,让我相信给我带来抚慰的只是安静地坐下来,重力波对我的影响只是一种幻想。

"也许是因为你在战壕里接触过什么东西,某种毒素,或者……"

我点点头,觉得有这种可能。天知道,我一定吸收过不少外星大气和生物颗粒。谁能知道我的肺里到底有些什么。我从来没有得过很多士兵都有的尼罗牙综合症或蓝色咳嗽,但也许医生在我身上漏掉了什么。

"或者也有可能是神经系统的问题。"克莱尔说道。她似乎是把我的脑子看成了一台需要进行调校的信标。她回头看看我手里的平板电脑——这是她用来对付导航信标的工具——我不禁有些好奇,她对我的关注有多少是因为我的崩溃?我很想知道她在这里还能做些什么,她为什么要留下来?航空航天局怎么会允许一名调校师成为操作员?

"神经系统怎么了?"我问。

"嗯,只是……也许这更像是创伤反应,而不是外星环境的影响。你表现出的所有迹象……你知道……"

"战壕烂病,"我说,"爆炸冲击。战争疲倦。士兵综合征……"

"创伤后应激障碍。"克莱尔说,她选择了正式的临床名词,而不是普通的描述。这几个清楚的音节里隐藏着许多肮脏的事实。

"那种事和我有什么关系?"

克莱尔耸耸肩,"对于重力波发射器,我知道的大概和发明它的人一样多,但我从来都不知道它怎么会和你的感觉有任何关系。"

"我应该担心吗?"我觉得我应该担心。克莱尔比我聪明得多,她看起来就很担心。她把手放在我的胳膊上,我看到她脸上挂着勇敢的微笑,她一直将这种微笑挂在脸上,好掩饰对我的忧虑。

"一切都会好起来的,"她说,"我们会解决的,你和我。一切都会好起来的。"

但我知道她错了。我从卖给我鲜花、巧克力和奶酪的人那里听说了。不好的事情即将发生,而且就在我们附近。有传闻说银河系这一臂的两边聚集了两支舰队,还有传闻说海军集结了所有舰船,雷荷也招来了他们的全部战舰,没人知道这些谣言是不是真的,但我们喜欢传播并相信我们听到的最坏的消息。人们总是更容易相信最坏的情况。

我不知道自己相信什么。我学会了怀疑自己的心灵。我需要证据——需要事实,就像是船只靠近时信标的警示音。这时,柔和的警示音响起。在克莱尔的信标里,它听起来和军队用的老式空袭警报很像。我们有客人了。当我想坏事的时候,坏事就来了,这不是什么很大的巧合,可以说根本不是巧合。毕竟这一年多里,我一直都在想着坏事要来。在我来到第八星区之前,我就知道了。我知道,因为它无法逃避。战争总是要来的,只是时间早晚。现在,在我们的舷窗外面,那个时刻到了。

# 第三十章

几乎是那些飞船刚一出现,其中一艘就被摧毁了。发生得如此之快,一开始我认为那是撞击事故。一些不在我们航行计划中的飞船试图以20倍光速通过这里,结果在小行星带中遭遇了灾难性的结果。这甚至还让我生出一种内疚的刺痛,也许克莱尔的信标为了我们的小实验而关闭了重力波导航——但我的确感觉到重力波发射器是开着的,而且我的信标也在正常运转,所以事实和我的猜测肯定不一样。

那艘飞船上所有可燃物都在发光。当它膨胀成一个橙色的球,处于完全静止不动的那一瞬间,眼前的一幕连同其他许多景象都在我的脑海中盘旋。

另一艘船是雷荷的"收割者",敌人的大型巡航舰之一。它的前掠臂上布满了激光吊舱和导弹挂载点。星辰间的恐怖。唯一打败过我的战舰。简直是个噩梦。我的噩梦。

蟋蟀从我的大腿上跳下去。高声咆哮着,用爪子拍打舷窗。克莱尔的手紧紧握住我的胳膊。我们的身子都僵住了,只能透过舷窗望着那艘船。它一直在我们的视野中,而且径直朝我们冲了过来。

"走,走。"我说道,尽量不要大喊大叫,尽量保持冷静。对那艘爆炸成新星的飞船,我只瞥到了一眼。它看上去像海军的"利爪"。它们一定刚刚经历过一场超维空间追逐,所以才会是那样几乎重叠在一起出现。战争已经到了这里,该死的就在我们眼前。我们是活靶子。不,我们是航空航天局白色罐子里的鱼。

克莱尔顺着管道飞向指令舱。我让蟋蟀走到我前面。她的尾巴在失重状态下嗖嗖地甩动,爪子拍打着墙壁,直到她进入另一边的重力场。我紧跟在她们后面。

"救生艇。"克莱尔喊着奔向梯子。

我先跑到量子隧道那里,给航空航天局发了一个简短的消息:遭击。我省略成这样是因为实在没有时间,而不是规则如此。然后我去追赶克莱尔,心中却纳闷我们的救生艇凭什么就能比信标更安全。我们没有能跑得过收割者的飞船。警示音还在不断响起,还有更多舰船到来。可能是我们的,也可能是他们。现在唯一能救我们的就是海军。他们怎么不在这儿?

我们以最快的速度爬下梯子。现在我非常希望能到舷窗边上去看一眼那架收割者。不知道它在哪里,我们甚至不知道自己会不会在下一刻就小命不保。只要一道等离子光束,我们的原子就会在太空中乱成一团了。

又是一道梯子。我到了克莱尔的生活舱。这里有我们第一次做爱的床。还有几样我的东西。我把一些衣服留在了这里,叠得整整齐齐的放在她的衣服旁边。蟋蟀在床中间弄出了一个漩涡形的凹痕。所有这些舒适、幸福的生活迹象都在我的周围一闪而过。我再也看不到它们了,再也不会有这样的感觉。我将回到前线,回到战壕里,心里想着回家,渴望着回家。

我跟随蟋蟀又下了一道梯子,蟋蟀纵身一跃就跳了下去,我沿着梯滑了下去。我们没有武器,没有攻击机,没有办法保护自己。但我在制订一个计划,一个绝望的计划,我必须让克莱尔和蟋蟀活着离开这里。

在攀上下一道梯子之前,我从工具柜里拿了一支最大的可调节扳手,才以不是那么快的速度到了最后一道梯子前,一只手放在梯子的横档上,另一只手拿着工具。到了最后五级横档,我直接跳了下去。克莱尔正在信标的救生艇里,高喊着让我进去。蟋蟀站在气闸舱中,回过头看着我,把尾巴夹在两腿之间——她感受到了我们的恐惧,但除了知道她的人类同伴都非常害怕以外,她完全不清楚现在发生了什么。

"进去。"我向蟋蟀挥手喊道。

她犹豫了一下。她知道我在想什么。

我推了一把她的屁股,对她说:"我们走。"我想象自己也上了救生艇,试着去相信自己的想象。这样蟋蟀才会相信。

我在推,克莱尔在拽,我们终于把蟋蟀送过气闸舱门,上了救生艇。我甚至没想到探身进去最后吻一下克莱尔。我脑子里闪过了太多的念头。曾经在许多个日子里,我就这样站在气闸舱中,想象着相似的命运,只是从未有过如此高尚的目的。我把救生艇的外门锁上,紧接着是气闸门,然后我让救生艇脱离对接环。我像挥动球棒一样挥起可调节扳手,狠狠砸了一下控制面板。一阵碎裂声之后,面板又响起微弱的"嗞嗞"声,喷出一些火花,还有电气短路的焦煳味。当救生艇开始飘走时,我瞥见克莱尔透过舷窗盯着我。

我丢下扳手,跑向我的救生艇。我知道声音不能在真空中传播。我知道这个知识。我知道我的宠物和我的爱人——我在宇宙中的两个最好的朋友——正在离我而去。但我发誓,我能听到蟋蟀的哀嚎。我发誓我听到克莱尔在问我到底在想什么。我的沃森能够读我的心,所以听到她的声音,我能理解。至于为什么能听到克莱尔的,这大概不是我第一次在压力下开始胡思乱想了。

进入救生艇的驾驶室,我离开信标,开始扫描整个区域。同时打开无线电:"克莱尔,你在吗?"

"我在。你该死地要干什么?"

她的声音充满了静电噪音和怒火。现在和我对话的是她心中的那名军人,而不是导航信标的调校师。这种反差实在是大得令人难以置信。

"仔细听着。"我一边说,一边观察逼近的收割者,它还在向信标驶来,我让救生艇向它冲了过去,"我希望你驶向距离你最近的大型小行星。用钳子抓住它,关闭引擎。等海军来。也关闭无线电。收到了吗?"

"你要做什么?"克莱尔问。我意识到通讯中的那些杂音不是静电噪音,是蟋蟀。她在不断嘶叫和低吼。

"现在就去,"我对她说,"很可能会有更多雷荷人正在过来。求你,去吧。"

一想到她和蟋蟀会遭遇什么,我禁不住泪流满面。敌人的战舰调整航向驶向我们。我没有推进器和控制引擎可以和它比拼机动性。除了疯狂,我没有任何武器。我的手稳稳地握着控制杆,随时准备躲避来袭的炮火,但敌舰知道我没有威胁。它只是在快速前进。我也开动全速,要将它拦住。在扫描画面中,我能看到克莱尔的船同样在全速行驶。她正朝着那一片大大小小的岩石飞去。服从命令就是好士兵。现在没有什么能阻止我了,这也不是一场全息电影,坏人们会耐心地等待英雄和姑娘表达爱意,把剧情推到最高潮,时间不会被扔在一边,画面也不会被固定在一处。这里甚至不会有全息电影中的英雄,只有在错误的时间,出现在错误地点的两个人。

我调整航向,让救生艇看起来像是要从收割者旁边溜过去,逃之夭夭。这都是为了给克莱尔争取时间。我必须成为一个需要他们额外关注的目标。我知道雷荷人来这里做什么。同样的事情我自己也做过不少。他们会占领其中一个信标,然后炸毁另一个。或者把两个信标都绑上炸药。但他们至少会在这里留下一个信标,这样他们就能控制这片空域。这和古代战争一样,那时的桥梁都是重点占领目标,但在被占领之后又会被堆上炸药。没有信标,这片区域就无法通行。雷荷人一定破解了我们的重力波频率,就像我们破解了他们的一样。我开始像士兵一样思考,像战机飞行员一样飞行,像恋爱中的男人一样制定战术。

收割者向我扑来,不过还没有开火。克莱尔已经快进入小行星带了。在和雷荷战舰擦身而过的瞬间,我猛地让救生艇转向,试图撞击收割者。雷荷飞行员反应速度很快,轻快地闪到了一旁。但我也在同时让救生艇旋转,同时伸出船首下方的采样臂,尽可能延长船身,想要在全速行驶中撞到对方,让这个野兽知道我是有威胁的,让他把注意力放在我身上……

取样臂碰到收割者的后翼,发出"哐当"一声巨响。一击中的。我猛地撞在驾驶室顶盖一侧,蹩脚的航空航天局操纵杆坏了,这可不是我故意的。无数星星在我眼前闪烁。然后是一阵"嘶嘶"声。失压警报响起。寒意渗透进来。看来是船体裂了。随着救生艇在太空中旋转,星星逐渐变得模糊起来,我能够保持清醒时间不多了。现在我只想知道敌人受到的伤害是不是更大。伴随着我充满怒火的希望,救生艇的舱壁开始破碎,空气向外爆出,也把我带了出去。

我翻滚着穿过破裂的船壳,在孤独而安静的星星间穿行,我的肺开始燃烧。他们说,如果你屏住呼吸,能够在太空中存活将近一分钟。冻结的眼泪模糊了我的视野。我不知道为什么这时还会有人想要屏住呼吸。

## 第三十一章

每天早晨都是劫后余生。每天晚上，我又会在战壕的噩梦中再次死去——那些梦中的炮兵终于找到了他们的目标。每天早上醒来都是一个惊喜，一场奇迹。能够再呼吸一次也是一份被强加在我身上的、不由我控制的礼物。

我睁开眼睛，看到一位老人站在灯塔前，一道巨浪在他周围翻滚。我知道那种感觉。看上去，这个人似乎没有意识到将要发生什么，但我觉得他其实可能是知道的，可能他只是麻木了。我不认为他满脸胡子和饱经风霜的脸上写着的是无知，我相信那只是听天由命。

一名雷荷领主来到我面前，挡住了那张照片。他们说，我是为数不多的几个能如此接近一位雷荷领主还活下来的人，而且我甚至还能讲讲自己的故事。看来这种事又落在我头上了。生命似乎充满了这样的巧合，直到你明白它是如何被拼凑在一起的。

"你醒了。"有人说。

我认得这个声音。是洛基。我试着抬起手，想摸一摸挂在绳子上的那块石头。它是我在失事货物的残骸中发现的一粒小行星，但我的手臂被绑住了。我低头看向手腕，它们被紧紧绑在我的膝盖上，膝盖也被绑在一起。我完全不能动弹。

雷荷领主低头俯视着我。我感到喉咙发烫，也许还是刚才差一点死在群星之间的后遗症。我试着把思绪集中在克莱尔和蟋蟀身上，我知道我应该记起一些事情，一个她们正在向安全地带飞行的画面，但我不记得她们是否成功了。那一刻我只关心她们是否还活着。我希望海军能够来救他们。我让脑子里只剩下这个想法，试图忽略掉那些表明我是个疯子的声音。我想要看到我的爱人和我心爱的动物平安无事，去了一个遥远的地方，一个战火永远不会波及的地方……

"混蛋，我在跟你说话呢。"

"闭嘴，洛基。"

我觉得自己的声音很刺耳。我应该已经死了。我希望我真的是死了。我早就应该死一千次。虽然动弹不得，虽然头部如此靠近重力波发射器，我感觉到心脏跳得飞快。所以让人平静的不是坐下，而是发自内心地坐下。灵魂不能被压制，也不能被治愈。它必须被说服才能平静下来。只有它自己想要平静才可以。

"我认为这相当重要。"洛基说。他的声音似乎正从我的项链中飘出来，但我知道那只是我的想象。我做梦的时候的确会听到一些声音。我们不都是如此吗？我们的大脑可以愚弄我们。我的大脑就很喜欢让我像个傻瓜。

雷荷领主挪动了一下他高大的身躯。就像我们知道的所有智慧种族一样,雷荷人是两足生物,他们的飞行服和战斗服下的皮肤就像鲨鱼一样。在他们的脸上有一道垂直的裂缝,里面露出一排排锋利的牙齿。他们的眼睛位于头部两侧,现在这样一双眼睛正紧盯着我。这名领主的两只手各有三根爪指,现在它们都握成了拳头。他的肌肉像钢铁一样硬。领主是最大最坏的雷荷人。我们从没有活捉过一个领主,甚至很少能得到领主的完整身躯。我不明白这家伙在等什么。他早就应该杀了我。或者给我松绑,让我自己动手。

"不许再无视我。"我的宠物石头说。

"现在不行,洛基。"

"好吧,现在不行。就好像现在我有多喜欢找你说话一样。我可不喜欢让这家伙盯着我们,就像我不喜欢脑袋上被你打了个洞一样。嘿,这到底是怎么回事?"

"你不是真实的。"

"这件事我们先放一放。这家伙似乎是想请你帮忙。所以你最好竖起耳朵,听听他要说些什么。你听他的话,我就闭嘴。"

我盯着这个雷荷领主。我的头脑开始有点清醒了。我突然想到,像这样耽误的每一点时间都对克莱尔、蟋蟀和海军有好处。也许我的死亡可以推迟一两分钟。也许这最后的几分钟可以发挥更大的作用。

"我在听。"我说。

"仔细听。"洛基对我说。

我等待着。我能感觉到信标中有机器的震动沿着舱壁从远处传来。我还能听到下面的生命维持舱里有泵机的嗡嗡声。我听到了洛基的喘息声,仿佛石头真的能呼吸一样。然后我听到一声低语,一个沙哑的声音如同蒲公英种子乘着微风越过整个宇宙,又像是真空以外传来的嘘声,一个无法用理智查知的字,模糊得无从辨别,仿佛我骨头中的一阵酸痛,又像中微子在我的颅骨表面跳舞……

你好

它比我想象中更微弱,但不知怎的却又更加真实。能够被我相信。我听到洛基屏住呼吸。我感到重力波发射器送来令人欢迎的麻木感,渗入我的情绪。

"你好。"我低声回答,这个词藏在我的嘴里,在我的喉咙中回荡,却没有从我的嘴唇之间通过。它只是我想到的一个词。

记得我

这不是一个问题,而是一个命令。一个急切的请求。就像死者希望被铭记。就像曾曾祖父一定要让大家知道他的名字。不是那些戴着勋章的战争英雄,而是那些无名的,没有参加过战斗的人。那些在亲人的陪伴下平静死去的人,那些被埋进几米深的土坑里的人,而不是被丢弃在几千米长的壕沟里的那些人。

雷荷领主有了动作,他张开拳头,那可怕的爪子就像剃刀一样锋利,伸过我被捆住的手臂,抓住我的衬衫,把衣襟一直拽到我的脖子上,粗暴地把我提起来,感觉就像是他的手臂力量太大,根本不可能有任何轻柔的动作。

外星人的皮肤接触到我的皮肤,落在我那粗糙的绳状伤疤上。雷荷人的手掌平贴住我的皮肤。我向下看去。这个领主的手盖住了我的三道伤口。三道伤口都延伸向我被外科手术修复过的皮肤结节。雷荷人的三根爪指刚好完美地覆盖了那些凹痕。

记得我

"我记得你,"我说,话音哽在我的喉咙里。我知道我死了,这一切不是真的,但噩梦不会那么容易逃脱。梦想是人们自由的地方,噩梦却不是。我无法摆脱它,就像无法摆脱捆绑我的绳索。我回到了雅塔,就在巨大的雷荷巢都下,我是我们班最后一个活着的人,坐在我们带来的核弹前面。我们带着它穿越了地狱一样的许多千米,但我没有引爆炸弹。然后,一个雷荷领主切开了我。

这是我记得的最后一件事。

"我记得。"我低声说。这些话几乎只在我的脑子里。就是这个雷荷领主。他回来完成由他开始的事情了。

看

我不知道应该看什么。这名领主张开手,按在我的脸上。我不知道自己应该看见什么。洛基给了我一些建议:

"闭上你的眼睛,混蛋。"

我微微一笑,感觉到重力波发射器给我带来的醉意。洛基听起来还在生我的气,因为我在他的脑袋上钻了个洞。我这么做只是为了把他留在身边。否则我就会失去他。我们是不是必须伤害我们爱的人,才能留住他们?

当我闭上眼睛,我看到雷荷领主站在我面前,就像他现在这样,但他的手垂在身体两侧。同时我还能感觉到他的手在我脸上。我放松意识,不再与生命对抗。生命才是我们作战的对手,不是死亡。我们只是在与生命战斗。我放下挣扎,我能听到洛基的微笑。

你的战友,代表我们来找你的战友,她走了。

现在我能清楚地听到这名领主的话,并且在他的身后看到了斯嘉丽,我曾经的爱人。她从战壕里出来,来到我的信标,说了些胡话,死在我的怀里,她的尸体被一个身穿黑衣的赏金猎人拿走了,那个赏金猎人一句话也没有和我说过。

我想起这一切,伴随着想法将它说出来,说出斯嘉丽的名字战争要来了。领主说。

"我知道,"我说,"它总会来的。但你们可以停下来。你们不必来找我们。"

双方都必须停止。只有我们能停止这一切。只有你能停止这一切。

我想斯嘉丽的疯狂已经渗进了我的脑子。她的胡言乱语和我的疯狂混在了一起。

一支强大的舰队要击溃另一支强大的舰队。它会在这里发生。你不会允许。

我感觉到的不止是雷荷人的言辞。我感觉到了他的想法,他的视野。我看见无数战舰。它们在每一颗卫星和行星上聚集,依照严格的次序出发,整个过程有条不紊,精准无误,所有力量集中于一点,如同一百万道微弱的激光集中在一个癌症肿瘤上,准备把它切开。

我看到秘密被暴露在我的眼前,敌人已经知道的秘密。一场大规模入侵本来就不可能向任何人隐瞒。我明白为什么没有战舰来保护我们了——因为那样会向我们的敌人提供线索。我知道为什么雷荷要破坏我的信标,而航空航天局要送过来第二个信标了,因为舰队迫切需要如此。我看到自己被派遣到这里不是为了让我能够离群索居,而是为了利用我的能力。我不知道该相信什么。

你和我是一样的,雷荷领主将思想传递给我。你、我、你的战友,还有很多人。那些不想打仗的人、在战场上幸存的人。我们痛恨战争。那些可悲的士兵。

"你是谁?"我不再假装说话,而是只用脑子思考。与这名领主,我感觉到一种深刻的联系,就像我和蟋蟀之间的那种,更多的启示和问题不断冲击着我。谁有读心的能力?也许是我。

我的人民中有像我一样希望和平的人。我们没有足够的权力。但我们准备采取行动。我们和你的战友商量好了。战争突然降级。战舰的突然减速。

减速。让战争突然停止。我看到这个雷荷人站在我面前,同时却能感觉到他的手掌贴着我的脸,我的后脑勺抵在重力波发射器上。我知道自己已经死了,这让我异常平静。克莱尔和蟋蟀没有事。克莱尔和蟋蟀躲在岩石群中。

克莱尔、蟋蟀和我一起在重力波发射器旁边。

我能看见她们,因为雷荷领主知道她们。她们在我身后,被绑着,堵住了嘴,在圆顶的另一边,另一个雷荷领主看守着她们。

我知道她们在那里。

我听见她们的思想,她们的战栗,她们的惊慌和恐惧。

我们都不安全。

我在敌人的手掌中哭泣。

# 第三十二章

"放她们走。"我在无声地吼叫，用意念吼出这些话语，不断吼叫，"放她们走，你这个混蛋！"

只有你能结束这一切。

我睁开眼睛，向左右摆头，试图挣脱雷荷人的手。爪子离开了我。我努力向周围扭头，想看看克莱尔是否真的在这里。我能感觉到她就像一个人在黑暗的房间里感觉到周围有什么东西。我的幻觉中渐渐呈现出形象和声音。另一个雷荷人出现了。两名外星人相互注视，将思想传递给彼此。我听到未知语言的呢喃，捕捉到一些具有意义的形象，那是他们想象出来的东西。他们在争论。其中一个感到害怕。另一个则带着希望的光环。我感觉蟋蟀在这里，在我的脑海中。我们就是在通过她交谈吗？管道需要管道才能连接。重力波发射器，我的沃森，我的宠物石头，还有我曾经紧闭的胸膛被克莱尔打开。

"放她们走，你想让我做什么都行。"我说。

这些话语在空气中成形，在我们的脑海中浮现。我感觉到自己如何将思想塑造成清晰的形象。我意识到，他们的声音在我心中只是微弱的低语，同样，我的话在他们心中也几乎微不可闻。但我现在发出了怒吼。我能感觉到蟋蟀在我的脑海里，一阵鼓励的咆哮穿透她的恐惧扑向了我。我则向她回报以安慰。

"放她们走。"

一名领主离开我的视野，但没有离开我的感知。我能在自己身后看到他的意识。实际上，我能通过重力波发射器感知宇宙。我能感觉到另一个信标，所有那些岩石和这片太空核心处的平静。那名领主回来了，把克莱尔带进了我的视野。她被牵过来，跪在地上，身体松弛无力，目光垂在地上，脸颊上有一块瘀伤，连身衣被撕破，这些都是她战斗过的痕迹，我可爱的士兵。

领主取下克莱尔的口塞，让她能够说话。

怒火在燃烧。

没有什么能阻挡我的怒火冲进他们的意识。

外星人对视了一眼，又看向我，我觉得自己仿佛能扯断绑缚，冲向他们，杀掉这些看似不可战胜的怪物。我感到愤怒、恐惧和悲伤。我只想用我的双臂拥抱我的爱人，用我的身体来保护她。那些想要伤害她的人都要死，死，死。

和平

这个词我不明白。

和平

看到克莱尔的痛苦，我无法听到它。

和平

我不要它。

求你……

克莱尔的视线离开地面,她看见了我,露出微笑。她的牙齿上有一道血色。她在痛苦中微笑着用唇语对我说:"嗨,我爱你。"

我的爱如同洪水般向她涌去,我看到她受到震撼,全身颤抖。无数感情在同时迸发,没有形态,没有言辞。蟋蟀用头蹭我的胳膊,又趁我没有注意的时候舔我的脸。"不要舔。"我说了一遍又一遍。就像克莱尔对我说"不要爱"一样没有用,你该怎样才能停止爱?你不能。战争穿过我。愤怒消散,一去不复返。雷荷领主们似乎终于松了一口气。

"他们为什么没杀我们?"克莱尔问。她的声音很微弱。她的手被绑在胸前,我看到她少了一个指甲。血一直流到她的臂肘。

我回答的时候,各种念头不断在雷荷领主之间流动,又穿过了我。

"他们想让我们杀死我们自己的舰队。"听到自己说出的这句话,我就像克莱尔一样吃惊,我们俩同时在听,同时在理解这些话,"我们一直在计划一次入侵,我们的舰队正好要经过这里,他们想让我在那些小行星上摧毁它们。他们要我在十二点整的时候关掉重力波发射器。"

克莱尔的脚踝被绑住,她用两只膝盖交错前进,来到我身边。雷荷领主没有阻止她。她把头靠在我的胸前,身体软下来,颤抖了片刻,似乎是在整理思路。

"他们为什么不自己去做？他们还在等什么？"

"必须由我来做。"我说道。我觉得自己明白了斯嘉丽想要什么，这些雷荷人又想要什么。不可能的证据。收起的利爪。看看我们是否有自由意志，是不是只知道战争的动物。我记得我读过的那些小说其实是敌人写的。斯嘉丽说我们才是入侵的外星人。我们的确是。

"不要让他们利用我。"克莱尔悄声说，"我们已经死了。你绝对不能因为我就听他们的话。如果他们害怕我们的舰队，那就让他们自己去承担该死的后果吧。"

克莱尔这样说的时候，我只是看着雷荷领主们。他们没有任何动作，只是在观察我们。至少和克莱尔的对话是真的。在我的感觉中，接下来的想法也一样真实。

"他们想要做一笔交易，"我说，"但你不是交易的一部分。"

"去他们的。"克莱尔嘶声说。

我盯着雷荷领主。他们在和我说话。我告诉他们，我理解，但我不相信他们。我不会那样做。他们只能把我们两个都杀了。他们说的一切都毫无道理。

记得

我记得自己没有能摧毁巢都的那一天。那一天我赢得了勋章，我的肚子被剖开，我的血洒在外星泥土上。雷荷在那一天撤退了，没有人知道是为什么。

我记得斯嘉丽死在我怀里。我抱着她，感觉到生命离开她的身体。她就是来告诉我这些的。她是信使。我能感觉到这两名领主为了来到这里付出了多大的代价,经历过怎样的艰难。我们是双方的叛徒,希望结束暴力循环,结束战争所产生的利润和选票。我感到有一条鸿沟在阻止我理解这些意念,就像我的沃森和我之间的鸿沟一样。它们是外星人的意念。我不应该信任他们,应该杀死他们,应该杀死一切被认为与我不同的人。

"他们是认真的,"我对克莱尔说,"我们的舰队今天要经过这里。我能感觉到。战争快来了,他们想让我阻止它。他们想让我们阻止它。必须用我们的双手,你明白吗?"

克莱尔挺直身子坐在我旁边。她把手放在我的手上。我的手被绑在腿上。我弯曲手指,握住她的一根手指。

"他们在利用你,"她说,"别让他们得逞。"

我在听。我在努力听清一切。读心者不只是我,也不只是我的沃森,是我们所有人。但这种感觉上蒙着一道伤疤,就如同在长大的男孩面前哭泣的羞耻,是我们的一种保护。因为我们不敢分享,所以也不敢倾听。克莱尔是对的:战壕里发生的就是这种事。我拒绝引爆核弹那天发生的就是这种事。我见过太多像我这样的孩子白白死去,我能感觉到和听到那些未出生的外星人的心灵,他们还没有结痂,仍然能像重力波发射器一样倾听宇宙。他们恳求我不要这么做。他们祈求和平。我把它给了他们。

这些雷荷人也有这种感觉,沃森也有。这种伟大的读心术。这一道敞开的、露出血肉的伤口。

"双方都有人希望结束这场战争,"我告诉克莱尔,"有像我一样厌倦了杀戮的雷荷人。他们之中有些人身居高位。我想那个人,较为高大的那个,大概是王子之类的,还有别人。但我们之中这样的人很少。军队里更没有这样的人。只有手无寸铁的平民,可耻的和平主义者。但即使是那些想要结束战争的掌权者,他们也不信任我们。所以他们没有办法让战争结束。没有人会相信他们。"

"你在说什么?"克莱尔问。

"一笔交易,"我说,"交换。给那些不想继续战争的人一个信号,一方给另一方的信号。"

"他们想让你做什么?"

"我告诉过你,他们想让我摧毁我们的舰队。然后他们会毁掉他们自己的。"

# 第三十三章

两亿两千万个生命——一颗定居行星的全部年轻男女——正在太空中穿梭。

我能感觉到他们。

我抚摸着能够杀死他们的按钮。

导线连接到我身后,那个能给我带来平静的圆顶。

我的脖子上挂着一块小石头,在恐惧中颤抖。

"你确定吗?"洛基问我。

他知道我完全不确定。

墙上有个钟在"嘀嗒嘀嗒"地计算着每一分钟。还有一张灯塔看守人的照片。他和我都在看守岩石,不断让船只驶过,从不考虑船里面有些什么。

在内心深处,我知道自己什么都不会做。我以前有过这样的经历,见识过这种毁灭的力量。我把这些想法埋得很深,不让雷荷人知道。一个雷荷领主在看着我。另一个带克莱尔去了她的灯塔。另外一个开关被连在她的重力波发射器上。一根缺了指甲的手指就悬在那个开关上。那根手指不会落下去。克莱尔

最后的话仍然回荡在我的耳中:

"你不能相信他们。"

我坐在那里,思考着对于背叛的背叛。这一切是那样荒谬,让我差一点笑出声来。我以前在前线就是这样的感觉,当动能弹从轨道大炮上落下,激起泥土和弹片的灼热喷泉,你却还是要艰难地穿过这一切,把死亡交给对面的人,对这种事,你只能大笑。烈性炸药开出的橙色花朵;曳光弹划出弧形轨迹,好像一只只尖叫的蜜蜂;呼啸的喷气机穿过大气层,把地狱抛向我们头顶。你还活着这件事就很搞笑。宇宙竟然会发展到这一步,而所有人都认为这是正常的,没有比这更荒谬和滑稽的了。

我记得斯嘉丽,天真的斯嘉丽,同样是那么荒谬。我还记得要了她的命的赏金,记得她为了找到我而冒的风险,还有她期望我完成的不可能的任务。我清楚地记得,她知道一些她不该知道的事。她知道雅塔上发生了什么。她逼我承认,但她早就知道了。

我抬头看向那个雷荷人。他的爪子和我的伤疤完全吻合。他当时就在那里。只有他知道那天发生了什么。这就解释了斯嘉丽是怎么知道的。他认识斯嘉丽。他们是同谋。我从他的想法中看到了这一点,他也能看出我在想什么。我知道这是个考验。

"他们不知道我们是否有能力表达友善,"我对洛基说,"我们不能说他们的语言,不能像他们那样理解彼此的想法。"

"你是说,他们不像你那样说疯话,"洛基说,"你知道我不是真的。这些都不是真的。"

"我想是的。"我说。

我又摸了摸能够熄灭信标的按钮,让自己相信什么是真的。这个按钮是真的。只要一按下去,人类最强大的军队就消失了。

"这就是我的问题所在,"我说道,洛基在听,"这就是为什么我能感觉到重力波。这就是我不想继续下去的原因。我已经受够了。"

"听克莱尔的,"洛基说,"听她的。"

我摇摇头,"没有。这样做是对的。她应该听我的。他们想看看我们是否值得拯救;还是太过危险,终究不能与之共存。我也想对他们进行这样的判断。"

"然后呢?"洛基问。

我把头靠在圆顶上。我能感觉到宇宙的呼吸,能感觉到黑洞在星系核心的脉冲。在这两者之间,在脉搏和呼吸之间有一道裂隙,一道战争的分界。我感觉到克莱尔,在另一台重力波发射器旁边。我们是两根触角。我向她伸展过去,感受到她的愤怒和恐惧,感受到我背叛了她的事实。我还感觉到她被捆绑的手臂,蟋蟀在她身边颤抖。还有那名雷荷领主。如果克莱尔不肯,那么他就会按照我的指示按下按钮。他们只需要看看我们能做到何种程度。一个人就够了吗?只是我就可以?我想到克莱尔的电子表格,上面只有勾,没有叉。数据就是那样。如果我们只有一个人能做到,雷荷人会怎么想?如果另外那些雷荷人没有完成他们的任务呢?我是应该杀死我们的人还是他们的人？这有区别吗？这就是他们想要看到的？想要感觉到的？想要知道杀戮没有区别？生命就是生命？这是一场测试吗？

两亿两千万条生命。他们那边的人更多。两边一共有超过五亿人。他们要在宇宙中把对方撕碎。他们已经死了，所有那些年轻的男女。我告诉自己，也告诉克莱尔。现在是五亿，以后是数十亿。看不到结束的迹象。那不是应该由将军们做的事情吗？他们不是每天都在杀死我们的孩子？当我神志清醒时，我为八个人的死亡而痛哭，他们是开往织女星货轮上的船员。我现在又是怎么想的？我反反复复，时而发疯，时而清醒，笃定地按下一个密码锁的前三位，然后在第四位上徘徊，一个只能到此为止的自杀者，最终还是不能把事情做完。我听到斯嘉丽在另一边向我吼叫，要我这么做，结束这场战争，要我勇敢一些。

只有几分钟来做决定。所有那些男孩和女孩。枪油的气味。期待。心怀恐惧的星期天。父亲抱着死去的小狗，苍老的心和坚强的妻子，第一次哭了多久？该死的到底有多久？

"我要这么做，洛基。为了斯嘉丽。"

"不……"

"为了汉克。"

"求你……"

"如果有可能，哪怕只是一个可能……"

"然后呢？"

是克莱尔在说话。是她的想法。她也哭了。她教了我怎么做。

"你爱我吗?"我问她。

只有沉默。

泪水。

恐惧。

"……是的。"

"世上有好人,克莱尔。双方都有很多好人。你和我……"

她看透了我的想法。我听到她在泪水后面的笑声。我感觉到了这个词:

政治……?

"也许吧,"我说,"也许。是某个比政治更重要的东西。没有那么懦弱的东西。"

舰队靠近了。一堵战舰组成的高墙。它们要经过第八星区发起全面攻击,以突袭赢得压倒性优势,但所有人都看到了它们。就像所有人一定也看到了对方同样的行动。一些与雷荷反叛者合作的人帮助策划了这一计划,帮助双方的舰队都成为了活靶子。

我看向那个差一点夺走我生命的雷荷领主。"我相信你,"我对他说,"我相信你。"

他用爪子做了个手势。我不知道那是什么意思,但我能读懂他的想法。我是一个读心者,一个危险的东西。我没要求把我的灵魂,我的肚子,或我该死的生命撕开。这一切都不是我要求的,但它们都被硬塞给了我。唯一能结束这场战争的就是信任,坦诚,爱我们憎恨的人,拥抱那些本来会杀死我们的人,宽恕,宽恕,宽恕。

"你爱我吗,克莱尔?"

"是的。"

她听着我说话,哭得浑身发抖,她知道时间到了,不管她在不在,按钮都会被按下——要么是由她柔软的手指,要么是雷荷的爪子。但她现在知道,不管怎样,我的手都会这样做。

洛基已经走了。清醒取代了他的位置。我所有的兄弟姐妹,现在我接受的是和在雅塔时同样的命令,凭什么这次的行动就这样不可思议?要由谁来做选择?现在,是我。

此时此刻。

就在这里。

战争即将到来。

他们会因此而杀死我。

当我应该得到勋章的时候。

我把头从重力波发射器前转开,想要仔细体会自己的感受,想要让意识变得清醒,想要让战争的记忆爬进来,再爬出去,稍微多折磨我一会儿,在我按下这个可怕的和平按钮之前,这个背叛的按钮。那些船的速度太快,根本来不及停下。整个世界会变成红色。克莱尔在为我们所做的事情哭泣,我们两个。一百万颗星星将会诞生了,其中充满死亡。穿过那些船舱,在面对雅塔的舷窗外面,远方会有同样的一堵火墙喷薄而出。更多的星星会短暂地闪耀,迅速燃烧殆尽,为了这个暴力、恐怖、背叛、光芒万丈的和平。

## 作者说明

我知道这是虚构的故事,但如果向我们投掷来的石块堆积起来,而我们必须站在上面——无论是真实的还是比喻的,身体的还是情感的,个人的还是政治的,而我们选择原谅而不是将斗争升级,那又会发生什么?那样的世界会是什么样子?也许我们永远都不会知道。

但我喜欢假装如此。

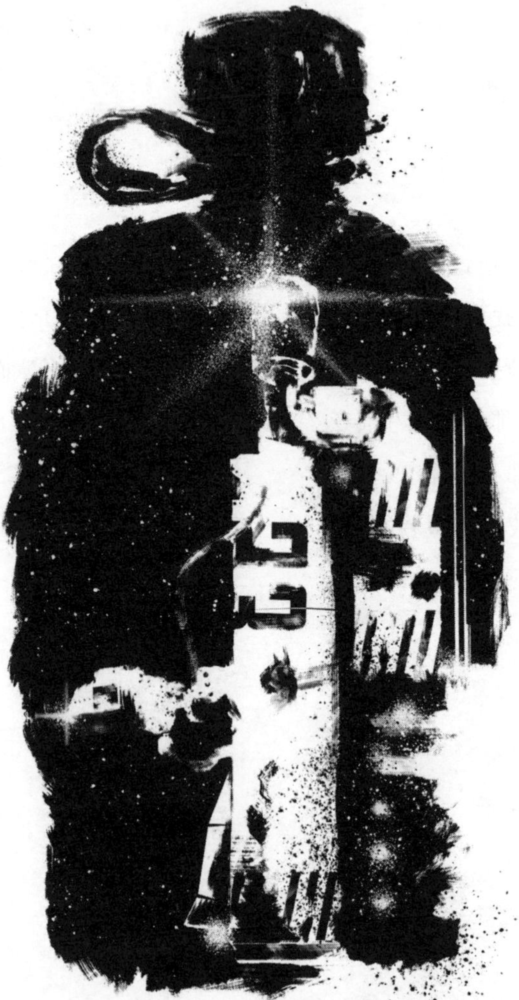

# 尾声

雷荷涡轮机和海军喷射引擎发出和谐的尖叫。两架专门用于狗斗的战机拖曳着钢缆——现在它们都已经被转做商业用途。一座古老的灯塔悬挂在钢缆末端，盘旋在切萨皮克海岸上空。灯塔的石砌结构完好无损，不过顶部和地基需要重建。

这张灯塔的照片已经被我端详了不知多久。一片巨浪冲击着它的脊梁，一位老人站在那里——那时那些生锈的残破桩子还都是乌黑的钢制栏杆。我几乎能看见那个老人的鬼魂在那里对我微笑。

当我从雅塔和平委员会回到地球时，我做的第一件事就是找到那座旧灯塔。我发现它就像一个被打得遍体鳞伤的老兵站在海浪中，地基随时都可能倒塌。用不了多久，它就会永远消失。所以我决定拯救它。我所做的与那些为了钱而搞破坏的老式捞船人不同。这需要一些人情，但一个当选的行星理事和老战争英雄要做到这个并不难。

负责把旧灯塔安放到新地基上的队伍由一群各式各样的人组成。负责这个项目的工头是个泰恩迪。他手下有两个霍克，三个人类,还有一个飞行员是雷荷。在地球上生活的雷荷。这些人出生时,他们的种族就在与人类进行战争,也在彼此争斗不休。现在他们都只是专注于手头的工作——或者是爪头的工作。

克莱尔读懂了我的心,把手伸进我的手掌。她的另一只手放在她的肚子上,她的肚子就像月亮一样圆。十步以外,蟋蟀溜进了高高的草丛,只有她的尾巴还露在外面。她在跟踪某个只有她能看到的东西。

有时我会感到无比满足。有时我会质疑自己的所作所为。欢笑和哭泣仍然紧紧相随,让我无法感到安心。但我的行为能否被原谅不是属于我的挑战,而是对下一代的考验。这并不容易,因为它是一切的重点。我还记得自己在德尔斐遭到袭击后的心情,记得那股让我应征入伍的怒火。我最不想做的事就是原谅。随着战争的结束,有人计算了所有那些小决定的总成本,结果是超过180亿人死亡。

其中5亿要由我负责。

克莱尔将我拽到身边,把我的手按在她的肚子上,我的孩子在踢我,她想吸引我的注意力,让我想到生命,新生。老灯塔被放到了地基上。工作团队组织有序,合作紧密。我能感觉到克莱尔衣服下面那些蕾丝一样的纹路。她一直想说服我让这个男孩跟我的姓。我不喜欢这个主意。我不希望他变成我这样。

但也许他不会。也许他会为我的姓氏感到自豪。所以我捏了捏克莱尔的手,我同意了。我试了一下,在克莱尔的耳边低语着我的名字,但音节在一阵突然吹来的微风中消失了,轻柔的声音被带到很远的海上。在那里,它会随风盘旋,融合在浪涛中,再消散开,在接下来的时间里一直存在下去。

# 译后记

康德说:"人是目的,不是工具。"

中国也有一句很相似的老话——命非草。

哪怕面对茫茫宇宙、浩瀚沙漠,或是文明毁灭后的末世荒原,人也能够改造环境,利用一切材料为自己建造家园,营建起异星营地、沙漠小镇、与世隔绝的地下堡垒,甚而开发出潜入沙海、生存于太空、在封闭地堡中实现生态自循环的技术。

无论在什么样的环境里,人都会辛勤工作,努力地生存下去,通过建设让自己拥有不同于草木的生活。

直到他们被另一些人——被那些自诩为管理者和高等人类的人作为工具消耗干净,或者干脆毁掉。

但无论怎样,命非草,人不是工具。

休·豪伊讲述的,就是这样一些故事——建设超越毁灭,智慧、勇气和牺牲最终战胜看似无比强大的力量。世界可能变得灰暗,但总会有人性在发光,就如同黑色的宇宙中,一定有勇敢闪烁的点点繁星。

压垮我们的不是逆境,而是我们自己的忧虑和畏惧。这一点我们都知道,但知道不代表不会在畏惧和疑虑中泥足深陷。所以这些逆境中人们奋力前行的故事,或许会为我们增添一份心灵的力量。

——李镭